John Boyne

DER JUNGE
IM GESTREIFTEN PYJAMA

Eine Fabel

Mit einem Nachwort
des Autors

Aus dem Englischen
von Brigitte Jakobeit

FISCHER TASCHENBUCH VERLAG

*Zu diesem Buch ist im Argon Verlag
das gleichnamige Hörbuch, gelesen von Ulrich Matthes,
erschienen und im Buchhandel erhältlich.*

Für die Verwendung in der Schule ist unter
www.lehrer.fischerverlage.de
ein Unterrichtsmodell zu diesem Buch abrufbar.

17. Auflage: Juni 2011

Ergänzte Ausgabe
Veröffentlicht im Fischer Taschenbuch Verlag,
einem Unternehmen der S. Fischer Verlag GmbH,
Frankfurt am Main, April 2009

Für Jamie Lynch

Kapitel eins

BRUNO MACHT EINE ENTDECKUNG discovery

Eines Nachmittags kam Bruno von der Schule nach Hause und staunte nicht schlecht, als Maria, das Dienstmädchen der Familie, das den Kopf immer gesenkt hielt und nie vom Teppich aufblickte, in seinem Zimmer stand und seine Sachen aus dem Schrank in vier große Holzkisten packte, auch die ganz hinten versteckten, die nur ihm gehörten und keinen etwas angingen.

»Was machst du da?«, fragte er so höflich er konnte, denn es passte ihm zwar nicht, nach Hause zu kommen und jemanden in seinen Sachen herumwühlen zu sehen, aber Mutter hatte ihm stets gesagt, er müsse Maria respektvoll behandeln und dürfe nicht einfach Vater nachahmen und so mit ihr reden wie er. »Lass die Finger von meinen Sachen.«

Maria schüttelte den Kopf und zeigte über

ihn hinweg zum Treppenaufgang, wo Brunos Mutter soeben erschienen war. Sie war eine große Frau mit langen roten Haaren, die sie hinten am Kopf in einem Netz bündelte, und die sich jetzt nervös die Hände rieb, als läge ihr etwas auf dem Herzen, das sie nur ungern sagte und am liebsten nicht glauben wollte.

»Mutter«, sagte Bruno und ging auf sie zu. »Was ist los? Was sucht Maria in meinen Sachen?«

»Maria packt sie«, erklärte ihm Mutter.

»Packt sie?«, fragte er und überdachte rasch die Ereignisse der letzten Tage, um herauszufinden, ob er vielleicht sehr unartig gewesen war oder Wörter laut gesagt hatte, die er nicht benutzen durfte, und deswegen jetzt fortgeschickt wurde. Aber ihm fiel nichts ein. Im Gegenteil, in den letzten paar Tagen hatte er sich allen gegenüber sehr freundlich verhalten, und er konnte sich nicht entsinnen, irgendwann Unruhe gestiftet zu haben. »Warum?«, fragte er. »Was habe ich getan?«

Mutter war mittlerweile ins Elternschlafzimmer gegangen, aber dort war Lars, der Diener, ebenfalls am Packen. Sie seufzte und warf verzweifelt die Hände in die Luft, dann ging sie wieder ins Treppenhaus, gefolgt von Bruno, der

gar nicht daran dachte, die Angelegenheit ohne ~~matter~~
Erklärung auf sich beruhen zu lassen.

»Mutter«, sagte er unbeirrt. »Was ist los? Ziehen wir um?«

»Komm mit nach unten«, erwiderte sie und ging ihm voran zum großen Esszimmer, wo sie vor einer Woche mit dem Furor zu Abend gegessen hatten. »Wir reden dort weiter.«

Bruno rannte nach unten und überholte sie im Treppenhaus, so dass er bei ihrer Ankunft schon im Esszimmer wartete. Er schaute sie einen Moment lang schweigend an und dachte bei sich, dass sie sich am Morgen offenbar nicht richtig geschminkt hatte, denn ihre Augenränder waren röter als sonst, genau wie seine, wenn er Unruhe gestiftet hatte und dann Ärger bekam und am Ende weinte.

»Du musst dir wirklich keine Gedanken machen, Bruno«, sagte Mutter und setzte sich auf den Stuhl, auf dem die schöne blonde Frau gesessen hatte, die mit dem Furor zum Essen gekommen war und ihm zuwinkte, als Vater die Türen schloss. »Das Ganze wird sicher ein großes Abenteuer.«

»Was denn?«, fragte er. »Muss ich fort?«

»Nein, nicht nur du«, sagte sie und sah aus, als wollte sie lächeln, überlegte es sich dann aber anders. »Wir gehen alle. Dein Vater und ich, Gretel und du. Alle vier.«

Bruno dachte darüber nach und runzelte die Stirn. Ihn hätte es nicht gestört, wenn man Gretel fortgeschickt hätte, denn sie war ein hoffnungsloser Fall und handelte ihm immer nur Ärger ein. Aber dass die ganze Familie mit ihr gehen musste, fand er ein bisschen ungerecht.

»Und wohin?«, fragte er. »Wo genau gehen wir hin? Warum können wir nicht hierbleiben?«

»Wegen der Arbeit deines Vaters«, erklärte Mutter. »Du weißt, wie wichtig sie ist, nicht?«

»Ja, natürlich«, sagte Bruno und nickte. Vater bekam oft Besuch von Männern in phantastischen Uniformen und Frauen mit Schreibmaschinen, die Bruno nicht mit seinen schmutzigen Händen anfassen durfte, und alle waren immer sehr höflich zu Vater und versicherten einander, dass er ein Mann war, auf den man ein Auge haben musste, und dass der Furor Großes mit ihm vorhatte.

»Weißt du, wenn jemand sehr wichtig ist«, fuhr Mutter fort, »dann wird er von seinem Vorgesetzten manchmal gebeten, woandershin zu gehen, weil dort eine spezielle Arbeit erledigt werden muss.«

»Was für eine Arbeit?«, fragte Bruno, denn wenn er ehrlich mit sich war – und das versuchte er immer zu sein –, wusste er nicht so recht, was Vater eigentlich machte.

Einmal hatten sie in der Schule über ihre Väter geredet, und Karl hatte gesagt, sein Vater sei Obst- und Gemüsehändler, was Bruno bestätigen konnte, denn ihm gehörte der Obst- und Gemüseladen im Stadtzentrum. Daniel hatte gesagt, sein Vater sei Lehrer, was Bruno ebenfalls bestätigen konnte, denn er unterrichtete die großen Jungen, von denen man sich besser fernhielt. Und Martin hatte gesagt, sein Vater sei Koch, und auch das konnte Bruno bestätigen, weil er Martin manchmal von der Schule abholte und dann immer einen weißen Kittel und eine karierte Schürze trug, als käme er gerade aus der Küche.

Als sie Bruno fragten, was sein Vater mache, wollte er zu einer Antwort ansetzen, aber dann wurde ihm klar, dass er es gar nicht wusste. Er konnte nur sagen, dass sein Vater ein Mann war, auf den man ein Auge haben musste, und dass der Furor Großes mit ihm vorhatte. Ach ja, und dass er außerdem eine phantastische Uniform trug.

»Eine sehr wichtige Arbeit«, sagte Mutter

und zögerte einen Augenblick. »Eine Arbeit, für die man einen ganz besonderen Mann braucht. Das verstehst du sicher, nicht?«

»Und wir müssen alle mit?«, fragte Bruno.

»Aber natürlich«, sagte Mutter. »Du willst doch nicht, dass Vater allein zu seiner neuen Arbeitsstelle geht und dort einsam ist, oder?«

»Vermutlich nicht«, sagte Bruno.

»Vater würde uns schrecklich vermissen, wenn wir nicht bei ihm wären«, fügte sie hinzu.

»Wen würde er mehr vermissen?«, fragte Bruno. »Mich oder Gretel?«

»Er würde euch beide gleich viel vermissen«, sagte Mutter. Sie hielt nichts davon, jemanden zu bevorzugen, und Bruno respektierte das, weil er wusste, dass er eigentlich ihr Liebling war.

»Und was ist mit unserem Haus?«, fragte Bruno. »Wer kümmert sich darum, wenn wir fort sind?«

Mutter seufzte und schaute sich im Zimmer um, als würde sie es vielleicht nie wiedersehen. Es war ein sehr schönes Haus mit insgesamt fünf Stockwerken, wenn man den Keller mitzählte, wo Koch alle Mahlzeiten zubereitete und Maria und Lars oft streitend am Tisch saßen und sich Schimpfwörter an den Kopf warfen, die man nicht benutzen durfte. Und wenn man die kleine Dachkammer mit den schrägen Fenstern mitrechnete, durch die Bruno ganz Berlin überblicken konnte, wenn er sich auf die Zehenspitzen stellte und am Rahmen festhielt.

»Fürs Erste müssen wir das Haus verschließen«, sagte Mutter. »Aber irgendwann ziehen wir wieder zurück.«

»Und was ist mit Koch?«, fragte Bruno. »Und Lars? Und Maria? Können sie nicht hier wohnen bleiben?«

»Sie kommen mit uns«, erklärte Mutter. »Aber das sind erst mal genug Fragen. Vielleicht solltest du nach oben gehen und Maria beim Packen helfen.«

Bruno erhob sich, ging aber nicht aus dem Zimmer. Ein paar Fragen musste er ihr noch stellen, bevor er die Sache auf sich beruhen lassen konnte.

»Und wie weit weg ist sie?«, fragte er. »Die neue Arbeit, meine ich. Ist sie weiter entfernt als zwei Kilometer?«

»Du liebe Zeit«, sagte Mutter und lachte. Aber es war ein komisches Lachen, denn sie sah nicht glücklich aus und drehte sich von Bruno weg, als wollte sie ihr Gesicht vor ihm verbergen. »Ja, Bruno«, sagte sie. »Es ist weiter entfernt als zwei Kilometer. Sehr viel weiter sogar.«

Brunos Augen wurden groß, und sein Mund formte ein O. Dann breitete er unwillkürlich die Arme aus, wie immer, wenn ihn etwas überraschte. »Heißt das, wir verlassen Berlin?«, fragte er und schnappte dabei nach Luft.

»Ich fürchte ja«, sagte Mutter und nickte traurig. »Die Arbeit deines Vaters ist ...«

»Aber was ist mit der Schule?«, fiel Bruno ihr ins Wort, was ihm eigentlich verboten war, ihm aber dieses eine Mal, so hoffte er, verziehen wurde. »Und was ist mit Karl und Daniel und Martin? Woher sollen sie wissen, wo ich bin, wenn wir etwas zusammen unternehmen wollen?«

»Du wirst dich vorläufig von ihnen verabschieden müssen«, sagte Mutter. »Aber ich bin sicher, irgendwann siehst du sie wieder. Und falle deiner Mutter bitte nicht ins Wort«, fügte sie hinzu, weil sie fand, dass Bruno noch lange nicht die Höflichkeitsregeln brechen musste, die man ihm beigebracht hatte, auch wenn dies eine verwirrende und unangenehme Mitteilung war.

»Mich von ihnen verabschieden?«, fragte er und starrte sie verwundert an. »Mich von ihnen verabschieden?«, wiederholte er stotternd, als hätte er den Mund voller Kekse, die er in winzige Stücke zerkaut, aber noch nicht hinuntergeschluckt hatte. »Ich soll mich von Karl und Daniel und Martin verabschieden?«, fuhr er fort, und seine Stimme kam einem lauten Schreien gefährlich nahe, was im Haus ebenfalls verboten war. »Das sind meine drei allerbesten Freunde!«

»Ach, du findest neue Freunde«, sagte Mutter und winkte verständnislos ab, als wäre es ein Kinderspiel, drei beste Freunde zu finden.

»Aber wir hatten Pläne«, protestierte er.

»Pläne?«, fragte Mutter und hob eine Augenbraue. »Was für Pläne denn?«

»Na ja, das wäre Petzen«, erwiderte Bruno. Er durfte nichts Genaueres über die Pläne preisgeben, bei denen es auch darum ging, viel Unruhe zu stiften, besonders in ein paar Wochen, wenn die Sommerferien anfingen und sie ihre Zeit nicht immer nur mit Pläneschmieden verbringen mussten, sondern sie endlich auch in die Tat umsetzen konnten.

»Tut mir leid, Bruno«, sagte Mutter, »aber deine Pläne werden wohl oder übel warten müssen. Bei dieser Sache haben wir keine Wahl.«

»Aber Mutter!«

»Bruno, Schluss jetzt«, fauchte sie ihn an und stand auf, um ihm zu zeigen, wie ernst es ihr war. »Erst letzte Woche hast du dich darüber beschwert, dass sich hier in letzter Zeit alles verändert hat.«

»Mir gefällt eben nicht, wenn wir nachts sämtliche Lichter ausschalten müssen«, gab er zu.

»Das müssen alle machen«, sagte Mutter. »Es dient unserer Sicherheit. Und wer weiß, vielleicht ist die Gefahr nicht so groß, wenn wir wegziehen. Aber jetzt geh nach oben und hilf Maria beim Packen. Dank einem gewissen Jemand bleibt uns nämlich weniger Zeit, alles vorzubereiten, als mir lieb gewesen wäre.«

Bruno nickte und ging traurig davon; er wusste, dass *ein gewisser Jemand* ein Ausdruck der Erwachsenen für *Vater* war, ein Ausdruck, den er selbst nicht benutzen durfte.

Langsam stieg er die Treppe hoch, hielt sich dabei mit einer Hand am Geländer fest und überlegte, ob es in dem neuen Haus in der neuen Stadt, wo die neue Arbeit war, wohl auch ein so schönes Geländer gäbe, auf dem man herunterrutschen konnte. Denn das Geländer in diesem Haus reichte vom obersten Stockwerk – direkt vor der kleinen Kammer, von der aus er ganz

Berlin überblicken konnte, wenn er sich auf die Zehenspitzen stellte und am Fensterrahmen festhielt – bis ins Erdgeschoss, wo es knapp vor der gewaltigen zweiflügeligen Eichentür endete. Für Bruno gab es nichts Schöneres, als oben auf das Geländer zu steigen und, begleitet von einem zischenden Geräusch, durch das ganze Haus zu rutschen.

Vom obersten Stockwerk hinunter ins nächste, wo sich das Schlafzimmer der Eltern und ein großes Bad befanden, die er keinesfalls betreten durfte.

Dann hinunter ins nächste Stockwerk, wo sein Zimmer, das von Gretel und ein kleineres Bad waren, das er eigentlich häufiger benutzen sollte, als er es letztendlich tat.

Und dann hinunter ins Erdgeschoss, wo man vom Ende des Geländers fiel und auf beiden Füßen landen musste, sonst hatte man fünf Punkte gegen sich und musste wieder von vorn anfangen.

Das Geländer war das Beste am jetzigen Haus – das und die Tatsache, dass Großvater und Großmutter in der Nähe wohnten. Bei dem Gedanken an die beiden fragte er sich, ob sie wohl auch mitkamen, und eigentlich ging er davon aus, denn man konnte sie unmöglich zurücklassen. Auf Gretel hätte er gut verzichten können, weil sie ein hoffnungsloser Fall war – alles wäre sogar viel einfacher, wenn sie hierbleiben und das Haus hüten würde. Aber Großvater und Großmutter? Das war wirklich etwas völlig anderes.

Langsam stieg Bruno die Treppe hinauf zu seinem Zimmer, doch bevor er hineinging, schaute er noch einmal ins Erdgeschoss und sah, wie Mutter in Vaters Büro trat, das gegenüber vom Esszimmer lag und das zu betreten jederzeit und ausnahmslos verboten war. Er hörte, wie sie laut etwas zu Vater sagte, worauf dieser noch lauter etwas erwiderte und damit ihrer Unterhaltung ein Ende setzte. Dann wurde die Bürotür geschlossen. Bruno hörte nichts mehr und hielt es deshalb für besser angebracht, in sein Zimmer zu gehen und Maria das Packen abzunehmen, weil sie sonst womöglich alles sorglos und unbedacht aus dem Schrank zerrte, auch die ganz hinten versteckten Sachen, die nur ihm gehörten und keinen etwas angingen.

Kapitel zwei

DAS NEUE HAUS

Als Bruno das neue Haus zum ersten Mal sah, machte er große Augen, sein Mund formte ein staunendes O, und er breitete wieder unwillkürlich die Arme aus. Alles daran war das genaue Gegenteil zu ihrem alten Haus, und er konnte nicht fassen, dass sie hier wirklich leben sollten.

Das Haus in Berlin hatte sich in einer ruhigen Straße befunden, in der noch eine Handvoll anderer großer Häuser stand, die immer einen schönen Anblick boten, weil sie nicht ganz, aber fast genauso aussahen wie sein Haus und weil andere Jungen in ihnen wohnten, mit denen er spielte (wenn sie Freunde waren) oder von denen er sich fernhielt (wenn sie Ärger versprachen). Das neue Haus dagegen stand ganz allein auf einem leeren, trostlosen Gelände, auf dem keine anderen Häuser in Sicht waren, und das hieß, es wohnten keine anderen Familien in der Nähe und auch keine Jungen zum Spielen – weder Freunde noch solche, die Ärger versprachen.

Das Haus in Berlin war gewaltig, und obwohl er dort neun Jahre lang gewohnt hatte, fand er immer noch Ecken und Winkel, die noch nicht ganz erforscht waren. Es gab sogar ganze Zimmer – beispielsweise Vaters Büro, das zu betreten jederzeit und ausnahmslos verboten war –, in die er kaum einen Fuß gesetzt hatte. Das neue Haus jedoch hatte nur drei Stockwerke: ein oberes, in dem sich alle drei Schlafzimmer und nur ein Bad befanden, das Erdgeschoss mit einer Küche, einem Esszimmer und einem neuen Büro für Vater (für das vermutlich dieselben Beschränkungen galten wie für das alte) und einen Keller, in dem die Dienstboten schliefen.

Das Haus in Berlin war umgeben von anderen Straßen mit großen Häusern, und wenn man zu Fuß ins Stadtzentrum ging, waren immer Leute unterwegs, die stehen blieben und miteinander plauderten, oder die herumrannten und sagten, sie hätten keine Zeit stehen zu bleiben, nicht heute, nicht wenn sie tausend Sachen zu erledigen hatten. Es gab Geschäfte mit hellerleuchteten Schaufenstern, Obst- und Gemüsestände mit Ablagen, auf denen sich Kohlköpfe, Karotten, Blumenkohl und Mais türmten. Manche quollen über von Lauch und Pilzen, Steckrüben und Rosenkohl; auf anderen lagen Salatköpfe, grüne Bohnen und Pastinaken. Manchmal fand er es schön, vor den Ständen zu stehen und die Augen zu schließen, die unterschiedlichen Düfte einzuatmen und zu spüren, wie ihm ganz schwindelig wurde von den vielen süßen und lebendigen Aromen. Rund um das neue Haus jedoch gab es keine anderen Straßen, keine Menschenseele war unterwegs oder eilte durch die Gegend, und Geschäfte oder Obst- und Gemüsestände gab es schon gar nicht. Wenn er die Augen schloss, fühlte sich alles um ihn herum leer und kalt an, als befände er sich am einsamsten Ort der Welt. Mitten im Niemandsland.

In Berlin hatten Tische an den Straßen gestanden, und manchmal, wenn er mit Karl, Daniel und Martin von der Schule nach Hause ging, saßen dort Männer und Frauen, die schäumende Getränke tranken und laut lachten; die Leute an den Tischen schienen immer gute Laune zu haben, dachte er oft, denn ganz gleich was sie sagten, jemand lachte immer. Das neue Haus dagegen hatte etwas an sich, das in Bruno den Verdacht schürte, dass dort nie jemand lachte, weil es dort nichts zu lachen gab und nichts, worüber man sich freuen konnte.

»Ich glaube, das war eine schlechte Idee«, sagte Bruno ein paar Stunden nach ihrer Ankunft, während Maria oben seine Koffer auspackte. (Maria war nicht das einzige Dienstmädchen in dem neuen Haus: es gab noch drei andere, die ziemlich dünn waren und sich immer nur im Flüsterton unterhielten. Dann war da noch ein alter Mann, der, so erklärte man ihm, jeden Tag das Gemüse putzte und ihnen das Essen servierte; er sah sehr unglücklich aus, aber auch ein bisschen verärgert.)

»Es ist nicht unsere Aufgabe, dies zu beurteilen«, sagte Mutter und öffnete einen Karton, der einen Satz von vierundsechzig Gläsern enthielt, den Großvater und Großmutter ihr geschenkt hatten, als sie Vater heiratete. »Ein gewisser Jemand trifft alle Entscheidungen für uns.«

Bruno wusste nicht, was sie damit meinte, und ignorierte deshalb ihre Bemerkung. »Ich glaube, das war eine schlechte Idee«, wiederholte er. »Ich glaube, wir sollten das Ganze hier vergessen und gleich wieder nach Hause fahren. Wir können es als Erfahrung verbuchen«, setzte er hinzu, eine Wendung, die er vor kurzem gelernt hatte und so oft wie möglich verwenden wollte.

Mutter lächelte und stellte vorsichtig die Gläser auf den Tisch. »Ich habe noch eine Wendung für dich«, sagte sie. »Sie lautet: Aus einer schlimmen Situation muss man immer das Beste machen.«

»Also, ich bin mir nicht sicher, ob wir das tun sollten«, sagte Bruno. »Ich finde, du solltest Vater einfach sagen, dass du es dir anders überlegt hast, und na ja, wenn wir für den Rest des Tages hierbleiben und zu Abend essen und noch übernachten müssen, weil wir alle zu müde sind, dann geht das in Ordnung, aber morgen sollten wir früh aufstehen, damit wir bis zum Nachmittagskaffee wieder in Berlin sind.«

Mutter seufzte. »Bruno, wieso gehst du nicht einfach nach oben und hilfst Maria beim Auspacken?«, fragte sie.

»Aber wozu auspacken, wenn wir doch nur ...«

»Bruno, tu es einfach, bitte!«, sagte sie wütend, denn sie durfte ihm anscheinend ins Wort fallen, nur umgekehrt funktionierte es nicht. »Wir sind hier. Wir sind angekommen. Für die absehbare Zukunft ist das unser Zuhause, und wir müssen das Beste daraus machen. Hast du mich verstanden?«

Er wusste nicht, was *absehbare Zukunft* bedeutete, und fragte sie.

»Das heißt, dass wir jetzt hier wohnen, Bruno«, sagte Mutter. »Und damit Schluss.«

Bruno spürte einen Schmerz im Bauch und merkte, wie etwas in ihm wuchs, das ihn, wenn es aus seinem tiefsten Inneren nach oben in die Außenwelt drang, entweder in Tränen ausbrechen oder schreien und brüllen lassen würde, wie falsch und ungerecht die ganze Sache war, ein großer Fehler, den schon bald jemand würde bezahlen müssen. Er konnte nicht begreifen, wie es zu alldem gekommen war. An einem Tag war er völlig zufrieden, spielte zu Hause, hatte drei gute Freunde, rutschte Treppengeländer hinunter und stellte sich auf die Zehenspitzen, um ganz Berlin zu überblicken, und jetzt saß er hier in diesem kalten, hässlichen Haus fest, mit drei flüsternden Dienstmädchen und einem Kellner, der unglücklich und wütend war, einem Haus, in dem alle den Eindruck machten, dass sie nie wieder fröhlich sein konnten.

»Bruno, ich möchte, dass du nach oben gehst

und auspackst, und zwar sofort«, sagte Mutter ziemlich unfreundlich, und da er merkte, dass es ihr ernst war, drehte er sich um und marschierte ohne ein weiteres Wort davon. Er spürte, wie ihm Tränen in die Augen stiegen, war jedoch entschlossen, sie nicht zu zeigen.

Er ging nach oben und drehte sich langsam einmal im Kreis herum, in der Hoffnung, er könnte eine kleine Tür finden oder ein Kämmerchen, wo er irgendwann ein bisschen forschen könnte, doch da war nichts. Auf seinem Stockwerk gab es nur vier Türen, zwei auf jeder Seite, die einander gegenüberlagen. Eine Tür führte in sein Zimmer, eine Tür in Gretels, eine in das seiner Eltern und eine ins Bad.

»Das ist kein Zuhause und wird es nie sein«, flüsterte er vor sich hin, als er durch die Tür in sein Zimmer trat, wo seine Sachen auf dem Bett verstreut lagen und die Schachteln mit den Spielsachen und Büchern noch gar nicht ausgepackt waren. Es war unübersehbar, dass Maria die falschen Schwerpunkte setzte.

»Mutter schickt mich, um dir zu helfen«, sagte er ruhig. Maria nickte und wies auf eine große Tasche, die seine gesamte Unterwäsche und Socken enthielt.

»Du könntest die Sachen sortieren und in die

Kommode dort drüben packen«, sagte sie und zeigte auf einen hässlichen Kasten, der auf der anderen Zimmerseite neben einem verstaubten Spiegel stand.

Bruno seufzte und öffnete die Tasche; sie war bis zum Rand mit seiner Unterwäsche gefüllt, und am liebsten wäre er hineingekrochen und hätte sich gewünscht, beim Herausklettern würde er aufwachen und wieder in Berlin sein.

»Was hältst du von dem Ganzen, Maria?«, fragte er nach einem langen Schweigen, denn er hatte Maria immer gemocht und als Angehörige der Familie betrachtet, auch wenn Vater sagte, sie sei nur ein Dienstmädchen und überbezahlt obendrein.

»Von welchem Ganzen?«, fragte sie.

»Dem hier«, sagte er, als wäre es das Offensichtlichste der Welt. »Dass wir an so einen Ort ziehen. Meinst du nicht, das war ein Riesenfehler?«

»Das habe ich nicht zu entscheiden, Bruno«, sagte Maria. »Deine Mutter hat dir erklärt, dass es mit der Arbeit deines Vaters zusammenhängt und …«

»Ach, ich habe es satt, dass alle ständig von Vaters Arbeit reden«, fiel Bruno ihr ins Wort. »Etwas anderes kriegen wir nicht zu hören, wenn du mich fragst. Vaters Arbeit dies, Vaters Arbeit das. Aber wenn Vaters Arbeit heißt, dass wir von unserem Haus und dem Rutschgeländer und meinen drei allerbesten Freunden wegziehen müssen, dann sollte Vater sich das mit seiner Arbeit zweimal überlegen, findest du nicht?«

Im selben Moment knarrte es draußen im Flur, und als Bruno aufblickte, sah er, wie die Schlafzimmertür seiner Eltern einen Spalt geöffnet wurde. Er erstarrte und konnte sich kurz nicht vom Fleck rühren. Mutter war noch unten, und das hieß, dass Vater dort drin war und vielleicht alles mitgehört hatte. Er beobachtete die Tür, wagte kaum zu atmen und überlegte fieberhaft, ob Vater womöglich gleich herauskommen und ihn mit nach unten nehmen würde, um ihm eine ernsthafte Standpauke zu halten.

Die Tür öffnete sich noch weiter, und Bruno trat einen Schritt zurück. Eine Gestalt erschien, aber es war nicht Vater, sondern ein viel jüngerer Mann, der auch nicht so groß war wie Vater, aber er trug die gleiche Uniform, nur mit weniger Verzierungen an der Jacke. Er wirkte sehr ernst, und seine Mütze saß stramm auf dem Kopf. An den Schläfen konnte Bruno sehen, dass er sehr blondes Haar hatte, fast schon ein unnatürlicher Gelbton. Er trug eine Schachtel in den Händen und ging zur Treppe, blieb aber einen Augenblick stehen, als er sah, dass Bruno ihn beobachtete. Er musterte den Jungen von oben bis unten, als hätte er noch nie ein Kind gesehen und wäre nicht ganz sicher, was er mit einem anfangen sollte: es fressen, übersehen oder die Treppe hinunterwerfen. Stattdessen nickte er Bruno nur kurz zu und setzte dann seinen Weg fort.

»Wer war das?«, fragte Bruno. Der junge Mann hatte so ernst und geschäftig gewirkt, dass Bruno davon ausging, er müsse ungemein wichtig sein.

»Vermutlich einer von den Soldaten deines Vaters«, sagte Maria, die sich ganz gerade hingestellt hatte, als der junge Mann erschien, und ihre Hände wie zum Gebet vor sich hielt. Ihr Blick war starr auf den Boden gerichtet und nicht auf sein Gesicht, als befürchtete sie, in Stein verwandelt zu werden, wenn sie ihn direkt ansah; sie wurde erst wieder locker, als er weg war. »Wir werden sie noch rechtzeitig kennenlernen.«

»Ich glaube, ich mag ihn nicht«, sagte Bruno. »Er war mir zu ernst.«

»Dein Vater ist auch sehr ernst«, sagte Maria.

»Ja, aber er ist Vater«, erklärte Bruno. »Väter müssen ernst sein. Es spielt keine Rolle, ob sie Gemüsehändler, Lehrer, Köche oder Kommandanten sind«, sagte er. Es waren alles Berufe, die ihm bekannte anständige und ehrbare Väter ausübten, über deren Tätigkeiten er schon tausendmal nachgedacht hatte. »Aber der Mann sah nicht aus wie ein Vater. Obwohl er sehr ernst war, das schon.«

»Na ja, sie haben sehr ernste Aufgaben«, sagte Maria seufzend. »Jedenfalls denken sie das. Trotzdem würde ich mich an deiner Stelle von den Soldaten fernhalten.«

»Aber was soll ich denn sonst hier tun«, sagte Bruno traurig. »Ich glaube sogar, außer Gretel gibt es hier keinen, mit dem ich spielen könnte, und das soll Spaß machen? Sie ist ein hoffnungsloser Fall.«

Fast kamen ihm wieder die Tränen, aber er unterdrückte sie, denn vor Maria wollte er nicht wie ein Baby dastehen. Er sah sich im Zimmer um, ohne den Blick ganz vom Boden zu heben, und versuchte festzustellen, ob er etwas Interessantes finden könnte. Nichts. Zumindest fiel ihm nichts auf. Doch dann weckte

etwas seine Aufmerksamkeit. In der Ecke gegenüber der Tür war ein Fenster in der Decke,
das bis herunter in die Wand reichte, fast so
wie das kleine Fenster im oberen Stockwerk in
Berlin, nur nicht so hoch. Bruno betrachtete es
und dachte, dass er vielleicht sogar hinaussehen
konnte, ohne sich auf die Zehenspitzen stellen
zu müssen.

Langsam ging er zu dem Fenster und hoffte,
dass er von dort vielleicht bis nach Berlin sehen
konnte, bis zu seinem Haus und den Straßen
in der Umgebung, zu den Tischen, an denen
die Leute saßen und ihre schaumigen Getränke tranken und einander lustige Geschichten
erzählten. Er ging langsam, weil er nicht enttäuscht werden wollte. Doch es war nur ein
kleines Zimmer und der Weg zum Fenster nicht
weit. Er presste das Gesicht an die Scheibe und
sah, was draußen war, und als er diesmal große
Augen machte und sein Mund ein erstauntes
O formte, blieben seine Hände unten, denn bei
dem Anblick wurde ihm ganz kalt und ängstlich zumute.

Kapitel drei

DER HOFFNUNGSLOSE FALL

Bruno war überzeugt, dass es weitaus sinnvoller gewesen wäre, wenn sie Gretel in Berlin zurückgelassen hätten, um das Haus zu hüten, weil sie eigentlich immer nur Ärger brachte. Tatsächlich war sie schon oft als Mädchen beschrieben worden, das von vornherein nur Ärger gemacht hatte.

Gretel war drei Jahre älter als Bruno und hatte ihm, seit er zurückdenken konnte, klargemacht, dass sie bestimmte, wie alles zu laufen hatte, besonders wenn es um Dinge ging, die sie beide betrafen. Bruno gab nicht gern zu, dass er sich ein bisschen vor ihr fürchtete, aber wenn er ehrlich zu sich war – und das versuchte er immer zu sein –, musste er das zugeben.

Gretel pflegte ein paar üble Gewohnheiten, wie es bei Schwestern nicht anders zu erwarten war. Morgens blieb sie beispielsweise viel zu lange im Bad, und es störte sie nicht weiter, wenn Bruno draußen stand und von einem Fuß auf den anderen hüpfte, weil er unbedingt mal musste.

Auf den Regalen in ihrem Zimmer saßen jede Menge Puppen, die Bruno anstarrten, wenn er hereinkam, und ihm mit ihren Blicken überallhin folgten und jeden seiner Schritte beobachteten. Er war sicher, wenn Gretel nicht im Haus war und er ihr Zimmer erforschte, erzählten sie ihr hinterher jede Kleinigkeit von ihm. Sie hatte auch ein paar sehr unangenehme Freundinnen, die sich offenbar klug vorkamen, wenn sie sich über ihn lustig machten, eine Sache, die er nie getan hätte, wenn er drei Jahre älter gewesen wäre als sie. Allem Anschein nach gab es nichts, was Gretels unangenehmen Freundinnen mehr Spaß machte, als ihn zu quälen und gemeine Dinge zu ihm zu sagen, sobald Mutter oder Maria nicht in der Nähe waren.

»Bruno ist nicht neun, er ist erst sechs«, sagte eine besonders gemeine Ziege immer in einem singenden Tonfall, tanzte dabei um ihn herum und stieß ihn in die Rippen.

»Ich bin nicht sechs, ich bin neun«, protestierte er dann und versuchte, ihr zu entkommen.

»Und warum bist du so klein?«, fragte die gemeine Ziege. »Alle Neunjährigen sind größer als du.«

Das stimmte und war ein besonders wunder Punkt bei Bruno. Es war eine Quelle ständiger Enttäuschung für ihn, dass er nicht so groß war wie die anderen Jungen in seiner Klasse. Im Gegenteil, er reichte ihnen sogar nur bis zu den Schultern. Wenn er mit Karl, Daniel und Martin auf der Straße ging, hielten ihn die Leute manchmal für den jüngeren Bruder von einem der drei, dabei war er eigentlich der zweitälteste.

»Du kannst nicht älter sein als sechs«, beharrte die gemeine Ziege, und dann rannte Bruno meistens weg und machte seine Streckübungen, in der Hoffnung, dass er eines Morgens aufwachen würde und ein ganzes Stück größer wäre.

Es hatte also wenigstens einen Vorteil, nicht mehr in Berlin zu sein: Sie konnten ihn jetzt nicht mehr schikanieren. Wenn er eine Weile in dem neuen Haus bleiben musste, und sei es einen ganzen Monat, war er bei ihrer Rückkehr bestimmt ein Stück gewachsen, und dann konnten sie nicht mehr gemein zu ihm sein. Das durfte er keinesfalls vergessen, wenn er dem

Vorschlag seiner Mutter folgen und das Beste aus einer schlimmen Situation machen wollte.

Ohne anzuklopfen rannte er in Gretels Zimmer und erwischte sie dabei, wie sie ihr Puppenvolk auf verschiedene Regale im Zimmer verteilte.

»Was willst du hier?«, brüllte sie und wirbelte herum. »Weißt du nicht, dass man das Zimmer einer Dame nicht betritt, ohne anzuklopfen?«

»Du hast doch wohl nicht deine ganzen Puppen mitgebracht?«, fragte Bruno, der sich angewöhnt hatte, die meisten Fragen seiner Schwester zu ignorieren und lieber selbst welche zu stellen.

»Natürlich«, erwiderte sie. »Hast du etwa gedacht, ich würde sie zurücklassen? Schließlich kann es Wochen dauern, bis wir wieder zu Hause sind.«

»Wochen?«, sagte Bruno und klang enttäuscht, freute sich aber insgeheim, weil er sich schon mit der Vorstellung abgefunden hatte, einen Monat hier zu verbringen. »Meinst du wirklich?«

»Na ja, ich habe Vater gefragt, und er meint, wir würden für die absehbare Zukunft hier sein.«

»Was genau heißt *absehbare Zukunft*?«, fragte Bruno und setzte sich auf ihre Bettkante.

»Das heißt, von jetzt an ein paar Wochen lang«, erklärte Gretel und nickte dabei intelligent. »Vielleicht drei.«

»Dann ist es gut«, sagte Bruno. »Solange es nur für die absehbare Zukunft ist und keinen ganzen Monat. Ich finde es grässlich hier.«

Gretel musterte ihren kleinen Bruder und musste ihm ausnahmsweise recht geben. »Ich weiß, was du meinst«, sagte sie. »Hier ist es nicht sehr schön, wie?«

»Es ist schrecklich«, sagte Bruno.

»Ja, stimmt«, pflichtete Gretel bei. »Im Moment ist es noch schrecklich. Aber wenn das Haus ein bisschen herausgeputzt ist, sieht es vielleicht nicht mehr so schlimm aus. Vater hat gesagt, die Leute, die vor uns hier in Aus-Wisch gewohnt haben, hätten ihre Arbeit schnell verloren und keine Zeit mehr gehabt, das Haus für uns herzurichten.«

»Aus-Wisch?«, fragte Bruno. »Was ist ein Aus-Wisch?«

»Es heißt nicht *ein* Aus-Wisch, Bruno«, sagte Gretel seufzend. »Nur Aus-Wisch.«

»Na gut, aber was ist Aus-Wisch?«, wiederholte er. »Was auswischen?«

»Das ist der Name des Hauses«, erklärte Gretel. »Aus-Wisch.«

Bruno dachte darüber nach. Er hatte kein Schild mit einem Namen außen gesehen, und auch an der Haustür hatte nichts gestanden. Ihr Haus in Berlin hatte überhaupt keinen Namen, es hieß nur Nummer vier.

»Und was bedeutet das?«, fragte er ungehalten. »Was auswischen?«

»Na, die Leute, die vorher hier gelebt haben, nehme ich an«, sagte Gretel. »Vermutlich hängt es damit zusammen, dass sie keine gute Arbeit geleistet haben und jemand meinte, weg mit ihnen, holen wir einen Mann her, der es richtig macht.«

»Du meinst Vater.«

»Natürlich«, erwiderte Gretel, die immer von Vater redete, als könnte er nichts falsch machen und als würde er nie wütend werden und käme immer in ihr Zimmer, um ihr vor dem Einschlafen einen Gutenachtkuss zu geben. Natürlich gab er auch Bruno einen Gutenachtkuss, und wenn Bruno wirklich gerecht und nicht nur traurig über den Umzug gewesen wäre, hätte er das zugegeben.

»Wir sind also hier in Aus-Wisch, weil jemand reinen Tisch mit den Leuten vor uns machen wollte?«

»Genau, Bruno«, sagte Gretel. »Und jetzt

steh von meiner Tagesdecke auf. Du zerknitterst sie.«

Bruno sprang vom Bett und landete mit einem dumpfen Schlag auf dem Teppich. Das Geräusch gefiel ihm gar nicht. Es klang so hohl, und er nahm sich auf der Stelle vor, in diesem Haus nicht allzu oft herumzuhüpfen, weil ihnen sonst womöglich das Dach um die Ohren flog.

»Mir gefällt es hier nicht«, sagte er ungefähr zum hundertsten Mal.

»Das ist mir schon klar«, erwiderte Gretel. »Aber wir können nichts daran ändern, oder?«

»Ich vermisse Karl, Daniel und Martin«, sagte Bruno.

»Und ich vermisse Hilda, Isobel und Louise«, sagte Gretel, und Bruno überlegte, wer von den drei Mädchen die gemeine Ziege war.

»Ich finde, die anderen Kinder sehen überhaupt nicht freundlich aus«, sagte Bruno, worauf Gretel unverzüglich aufhörte, eine ihrer schrecklicheren Puppen auf ein Regal zu pflanzen, sich umdrehte und ihn anstarrte.

»Was hast du eben gesagt?«, fragte sie.

»Ich sagte, die anderen Kinder sehen überhaupt nicht freundlich aus«, wiederholte er.

»Die anderen Kinder?«, sagte Gretel verwirrt. »Welche anderen Kinder? Ich habe niemanden gesehen.«

Bruno sah sich um. Es gab zwar ein Fenster, doch Gretels Zimmer lag auf der anderen Flurseite, gegenüber von seinem, und blickte deshalb in eine völlig andere Richtung. Er schlenderte lässig zum Fenster und gab sich möglichst geheimnisvoll. Dabei steckte er die Hände in die Taschen seiner kurzen Hose und pfiff ein ihm bekanntes Lied, ohne seine Schwester eines Blickes zu würdigen.

»Bruno?«, fragte Gretel. »Was machst du da? Bist du verrückt geworden?«

Pfeifend schlenderte er weiter und schaute sie auch weiterhin nicht an, bis er das Fenster erreichte, das zum Glück niedrig genug für ihn war, um hinauszusehen. Er warf einen Blick nach draußen und sah das Auto, in dem sie gekommen waren, dazu noch drei oder vier andere Fahrzeuge von Soldaten, die für seinen Vater arbeiteten; ein paar von ihnen standen rauchend herum und lachten über etwas, während sie nervös zum Haus blickten. Dahinter war die Auffahrt und dann kam ein Wald, der nur darauf wartete, erforscht zu werden.

»Bruno, würdest du mir bitte erklären, was

du mit der letzten Bemerkung gemeint hast?«, fragte Gretel.

»Da drüben ist ein Wald«, erwiderte Bruno, ohne auf sie einzugehen.

»Bruno!«, schnauzte Gretel ihn an und kam so schnell auf ihn zu, dass er vom Fenster zurückschreckte und sich an die Wand drückte.

»Was?«, fragte er und tat, als wüsste er nicht, wovon sie redete.

»Die anderen Kinder«, sagte Gretel. »Du hast gesagt, sie sehen überhaupt nicht freundlich aus.«

»Tun sie auch nicht«, sagte Bruno. Er wollte nicht nach dem Äußeren gehen und andere beurteilen, ohne sie zu kennen, eine Sache, die Mutter ihm immer auszureden versuchte.

»Aber welche anderen Kinder denn?«, fragte Gretel. »Wo sind sie?«

Bruno lächelte, marschierte zur Tür und gab Gretel zu verstehen, ihm zu folgen. Sie stieß einen tiefen Seufzer aus und legte die Puppe aufs Bett, überlegte es sich dann wieder anders und hob sie auf, drückte sie an die Brust und folgte ihrem Bruder in sein Zimmer, wo sie beinahe von Maria umgerannt wurde, die herausgestürmt kam und etwas in der Hand hielt, das einer toten Maus ähnelte.

»Sie sind dort draußen«, sagte Bruno, der jetzt an seinem Fenster stand und hinausschaute. Er drehte sich nicht um, ob Gretel in seinem Zimmer war, denn er beobachtete gebannt die Kinder. Er vergaß sogar kurz, dass sie überhaupt da war.

Gretel stand ein paar Schritte hinter ihm und wollte selbst unbedingt hinaussehen, aber etwas an der Art, wie Bruno es gesagt hatte, und an der Art, wie er hinaussah, ließ sie plötzlich nervös werden. Bruno hatte sie noch nie hereinlegen können, und sie war ziemlich sicher, dass er sie auch jetzt nicht hereinlegte, aber seine Haltung ließ sie irgendwie zweifeln, ob sie die Kinder wirklich sehen wollte. Sie schluckte nervös und betete insgeheim, dass sie in absehbarer Zukunft wieder nach Berlin zurückkehren würden und nicht erst in einem Monat, wie Bruno gesagt hatte.

»Was ist?«, sagte er, drehte sich um und sah seine Schwester in der Tür stehen, die Puppe an sich gedrückt, ihre goldgelben Zöpfe lagen gleichmäßig auf jeder Schulter, als warteten sie, dass jemand daran zog. »Willst du sie nicht sehen?«

»Doch natürlich«, erwiderte sie und ging zögernd zu ihm. »Mach mal Platz«, sagte sie und stieß ihn beiseite.

Es war schön und sonnig an jenem ersten Nachmittag in Aus-Wisch, und gerade als Gretel aus dem Fenster blickte, tauchte die Sonne wieder hinter einer Wolke hervor, aber ihre Augen gewöhnten sich schnell an die Helligkeit, und dann verschwand die Sonne wieder und sie sah genau, wovon Bruno geredet hatte.

Kapitel vier

WAS SIE DURCH DAS FENSTER SAHEN

Genau genommen waren es gar keine Kinder. Zumindest nicht alle. Es waren kleine Jungen und große Jungen, Väter und Großväter. Vielleicht auch ein paar Onkel. Und ein paar von den Leuten, wie es sie überall gibt und die allein wohnen, weil sie keine Verwandten haben. Sie waren jedermann.

»Wer sind die Leute?«, fragte Gretel, und ihr stand vor Staunen der Mund offen, genau wie es bei Bruno in letzter Zeit oft der Fall war. »Was ist das für ein Ort?«

»Ich bin mir nicht sicher«, sagte Bruno, und damit hielt er sich nah an der Wahrheit. »Aber er ist nicht sehr schön, so viel steht fest.«

»Und wo sind die Mädchen?«, fragte Gretel. »Und die Mütter? Und die Großmütter?«

»Vielleicht leben sie in einem anderen Teil«, meinte Bruno.

Gretel stimmte zu. Eigentlich wollte sie nicht mehr auf die Menschen starren, aber es fiel ihr sehr schwer, den Blick abzuwenden. Bisher hatte sie nur den Wald vor ihrem Fenster gesehen, der ein bisschen dunkel wirkte, sich sonst aber gut für Picknicks eignete, sofern es irgendwo eine Lichtung gab. Von dieser Hausseite jedoch bot sich ein völlig anderer Ausblick.

Dabei fing es zunächst gar nicht übel an. Direkt unter Brunos Fenster lag ein Garten. Ein ziemlich großer sogar und voller Blumen in hübschen ordentlichen Beeten, offenbar sehr sorgsam von jemandem gepflegt, dem die Bedeutung von Blumen an einem solchen Ort bewusst war – als würde man in einem riesigen Schloss, das in einem nebeligen Moor steht, in einer dunklen Winternacht eine kleine brennende Kerze in die Ecke stellen.

Hinter den Blumen war ein sehr hübscher Gehweg mit einer Holzbank, und Gretel konnte sich gut vorstellen, dort in der Sonne zu sitzen und ein Buch zu lesen. Am oberen Ende der Bank war ein Schild angebracht, doch aus dieser Entfernung konnte sie die Aufschrift nicht lesen. Die Sitzfläche blickte auf das Haus – was unter normalen Umständen ziemlich ungewöhnlich gewesen wäre, aber in diesem Fall konnte sie den Grund verstehen.

Ungefähr sechs Meter hinter dem Garten und den Blumen und der Bank mit dem Schild veränderte sich alles. Ein riesiger Drahtzaun, am oberen Ende nach innen gebogen, erstreckte sich über die ganze Länge des Hauses und verlief dann in beiden Richtungen weiter, als sie sehen konnte. Der Zaun war sehr hoch, höher noch als das Haus, in dem sie standen, und er wurde von großen aufgereihten Holzpfosten gestützt, die aussahen wie Telegraphenmasten. Oben auf dem Zaun befanden sich gewaltige, in Spiralen aufgerollte Stacheldrahtballen, und Gretel versetzte es unwillkürlich einen Stich, als sie die vielen scharfen Spitzen sah, die rundherum vorragten.

Hinter dem Zaun wuchs kein Gras mehr, auch in der Ferne war nirgends Grün zu sehen. Vielmehr bestand der Boden aus einer sandähnlichen Substanz, und so weit sie sah, waren da nur niedrige Baracken, um die herum ein paar quadratische Gebäude standen und ein oder zwei Schornsteine in der Ferne. Sie öffnete den Mund und wollte etwas sagen, merkte jedoch im selben Moment, dass ihr die Worte fehlten, um ihre Verwunderung auszudrücken, und deshalb machte sie das einzig denkbar Vernünftige und schloss ihn wieder.

»Siehst du?«, sagte Bruno aus der Zimmerecke und war insgeheim sehr zufrieden mit sich, denn was immer dort draußen sein mochte – und wer immer die Menschen waren –, er hatte es zuerst entdeckt und konnte es jederzeit sehen, weil es sich vor seinem Zimmerfenster und nicht vor ihrem befand, und deshalb gehörte alles ihm; er war der König all dessen, was sie betrachteten, und Gretel war nur seine niedrige Untertanin.

»Das verstehe ich nicht«, sagte sie. »Wie kann man nur so einen hässlichen Ort bauen?«

»Es ist wirklich ziemlich hässlich, nicht?«, stimmte Bruno zu. »Vermutlich haben die Baracken auch nur ein Geschoss. Sieh nur, wie niedrig sie sind.«

»Wahrscheinlich sind es moderne Häuser«, sagte Gretel. »Vater hasst moderne Sachen.«

»Dann werden sie ihm nicht besonders gefallen«, sagte Bruno.

»Nein«, erwiderte Gretel. Sie stand eine ganze Weile reglos da und starrte hinaus. Sie war zwölf und galt als eines der klügsten Mädchen in ihrer Klasse, deshalb biss sie sich auf die Lippe, kniff die Augen zusammen und zwang ihren Verstand, zu begreifen, was sie vor sich sah. Schließlich fiel ihr nur eine mögliche Erklärung ein.

»Wir müssen irgendwo auf dem Land sein«, sagte Gretel, drehte sich um und sah ihren Bruder triumphierend an.

»Auf dem Land?«

»Ja, verstehst du, das ist die einzige Erklärung. Wenn wir zu Hause sind, in Berlin, sind wir in der Stadt. Deswegen gibt es dort so viele Leute und so viele Häuser, und die Schulen sind voll, und am Samstagnachmittag kommt man nicht durch das Stadtzentrum, ohne von Pontius zu Pilatus geschubst zu werden.«

»Ja …«, sagte Bruno nickend und bemühte sich, ihr zu folgen.

»Im Erdkundeunterricht haben wir gelernt, dass es auf dem Land, wo die Bauern mit ihren Tieren leben und der Boden bestellt wird, riesige Gebiete gibt wie dort draußen, auf denen Menschen wohnen und arbeiten und sämtliche Lebensmittel liefern, die uns ernähren.« Sie blickte wieder aus dem Fenster auf das weite, vor ihr ausgebreitete Gelände und die großen Entfernungen zwischen den einzelnen Baracken. »So muss es sein. Wir sind auf dem Land. Vielleicht ist das unser Ferienhaus«, fügte sie voller Hoffnung hinzu.

Bruno überlegte und schüttelte den Kopf. »Glaube ich nicht«, sagte er sehr bestimmt.

»Du bist *neun*«, konterte Gretel. »Woher willst du das wissen? Wenn du erst mal so alt bist wie ich, verstehst du solche Sachen viel besser.«

»Kann schon sein«, sagte Bruno, der wusste, dass er jünger war, aber nicht fand, dass er deswegen nicht genauso gut recht haben konnte. »Wenn wir hier, wie du behauptest, auf dem Land sind, wo sind dann die vielen Tiere, von denen du sprichst?«

Gretel öffnete den Mund, um ihm zu widersprechen, aber da ihr keine passende Antwort einfiel, sah sie stattdessen wieder aus dem Fenster und hielt Ausschau nach ihnen, doch sie waren nirgends zu sehen.

»Da müssten Kühe, Schweine, Schafe und Pferde sein«, sagte Bruno. »Wenn es ein Bauernhof wäre, meine ich. Ganz zu schweigen von Hühnern und Enten.«

»Aber da sind keine«, gab Gretel leise zu.

»Und wenn sie das Land bestellen würden, wie du glaubst«, fuhr Bruno fort, dem die Unterhaltung enorm gefiel, »dann müsste der Boden viel besser aussehen, findest du nicht? Ich glaube nicht, dass in dem ganzen Dreck etwas wachsen könnte.«

Gretel betrachtete alles noch einmal und nickte, denn sie war klug und pochte nicht darauf, recht zu haben, wenn die Sachlage deutlich gegen sie sprach.

»Dann ist es vielleicht doch kein Bauernhof«, sagte sie.

»Nein«, pflichtete Bruno bei.

»Das heißt, wir sind vielleicht doch nicht auf dem Land«, fuhr sie fort.

»Nein, wahrscheinlich nicht«, entgegnete Bruno.

»Dann heißt das auch, dass dies nicht unser Ferienhaus ist«, schlussfolgerte sie.

»Stimmt«, erwiderte Bruno.

Er setzte sich aufs Bett und wünschte sich kurz, Gretel würde sich zu ihm setzen, den Arm um ihn legen und ihm versichern, dass alles gut würde und es ihnen hier früher oder später gut gefallen würde und sie gar nicht mehr nach Berlin zurückkehren wollten. Doch sie sah immer noch aus dem Fenster, und jetzt betrachtete sie nicht die Blumen, den Gehweg oder die Bank mit dem Schild, auch nicht den hohen Zaun, die hölzernen Telegraphenmasten oder die Stacheldrahtrollen, den harten Boden dahinter, die Baracken, die kleinen Gebäude oder die Schornsteine; sie betrachtete die Menschen.

»Wer sind nur die vielen Leute?«, fragte sie leise, als meinte sie gar nicht Bruno, sondern erwartete von jemand anderem eine Antwort. »Und was machen sie alle dort?«

Bruno stand auf, und zum ersten Mal standen sie zusammen da, Schulter an Schulter, und starrten auf die Szene, die sich ihnen keine fünfzehn Meter von ihrem neuen Haus entfernt bot.

Wohin sie auch blickten, entdeckten sie Menschen – große, kleine, alte, junge, und alle liefen umher. Einige standen in Gruppen da, ihre Arme hingen herab, und sie bemühten sich, den Kopf gerade zu halten, während ein Soldat vor ihnen entlangmarschierte und den Mund aufriss und schloss, als würde er sie anbrüllen. Andere bildeten eine Art Sträflingskolonne und schoben Schubkarren von einer Seite des Lagers zur anderen; sie tauchten von einem nicht sichtbaren Ort auf und bugsierten ihre Schubkarren ein Stück weiter hinter eine Baracke, wo sie wieder verschwanden. Einige standen in kleinen stummen Gruppen bei den Baracken und starrten auf den Boden, als handle es sich um ein Spiel, bei dem sie nicht entdeckt werden wollten. Manche gingen an Krücken, und viele hatten einen Verband um den Kopf. Wieder andere trugen

Spaten und wurden von Soldaten zu einer Stelle geführt, wo man sie nicht mehr sehen konnte.

Bruno und Gretel sahen Aberhunderte Menschen, doch da standen so viele Baracken, und das Lager erstreckte sich noch viel weiter, als ihr Blick reichte, dass vermutlich noch Tausende dort draußen waren.

»Und alle leben so nah bei uns«, sagte Gretel stirnrunzelnd. »In Berlin standen nur sechs Häuser an unserer schönen ruhigen Straße. Und hier sind es so viele. Warum nimmt Vater eine Arbeit an so einem hässlichen Ort an und mit so vielen Nachbarn? Das ergibt keinen Sinn.«

»Sieh mal, da drüben«, sagte Bruno, und Gretel folgte der Richtung, in die sein Finger zeigte. Sie sah, wie eine dicht zusammengedrängte Gruppe von Kindern in einiger Entfernung aus einer Baracke trat und von mehreren Soldaten angebrüllt wurde. Je lauter sie angebrüllt wurden, umso dichter drängten sie sich aneinander, aber dann stürmte ein Soldat auf sie zu, und sie trennten sich und taten offenbar das, was er die ganze Zeit von ihnen gewollt hatte, nämlich sich in einer Reihe aufstellen. Kaum standen sie da, fingen die Soldaten zu lachen an und klatschten ihnen Beifall.

»Vermutlich üben sie irgendwas«, überlegte

Gretel laut und ignorierte die Tatsache, dass einige der Kinder offenbar weinten, darunter auch einige der älteren, die so groß waren wie sie.

»Ich hatte dir gesagt, hier sind Kinder«, sagte Bruno.

»Aber nicht die Art von Kindern, mit denen *ich* spielen möchte«, sagte Gretel entschieden. »Sie sehen schmutzig aus. Hilda, Isobel und Louise baden jeden Morgen, genau wie ich. Diese Kinder sehen aus, als hätten sie in ihrem Leben noch kein Badezimmer gesehen.«

»Dort drüben sieht es wirklich sehr dreckig aus«, sagte Bruno. »Vielleicht gibt es ja keine Badezimmer?«

»Sei nicht dumm«, sagte Gretel, obwohl ihr wiederholt gesagt worden war, dass sie ihren Bruder nicht dumm nennen sollte. »Was sind das für Leute, die kein Bad haben!«

»Weiß ich nicht«, sagte Bruno. »Leute, bei denen es kein heißes Wasser gibt?«

Gretel sah noch eine Weile aus dem Fenster, dann drehte sie sich schaudernd ab. »Ich gehe wieder in mein Zimmer und stelle meine Puppen auf«, sagte sie. »Von dort ist die Aussicht bedeutend schöner.«

Mit dieser Bemerkung entfernte sie sich über

den Flur in ihr Zimmer und schloss die Tür hinter sich, aber ihre Puppen stellte sie nicht sofort auf. Vielmehr setzte sie sich aufs Bett und dachte über viele Dinge nach.

Ein letzter Gedanke schoss ihrem Bruder durch den Kopf, als er die vielen Menschen beobachtete, die in der Ferne ihrer Arbeit nachgingen, und zwar, dass alle – die kleinen Jungen, die großen Jungen, die Väter, die Großväter, die Onkel und die Leute, die es überall gab und die allein wohnten, weil sie keine Verwandten hatten – sie alle trugen die gleiche Kleidung: einen grau gestreiften Pyjama und auf dem Kopf eine grau gestreifte Kappe.

»Komisch«, murmelte Bruno und wandte sich dann ab.

Kapitel fünf

ZUTRITT JEDERZEIT
UND AUSNAHMSLOS VERBOTEN

Es gab nur eine Möglichkeit, Bruno musste mit Vater reden.

Vater hatte am Morgen nicht mit ihnen zusammen Berlin verlassen. Er war schon ein paar Tage vorher abgereist, am Abend des Tages, als Bruno nach Hause gekommen war und Maria seine Sachen durchwühlt hatte, auch die ganz hinten versteckten, die nur ihm gehörten und keinen etwas angingen. An den folgenden Tagen hatten Mutter, Gretel, Maria, Koch, Lars und Bruno alles in Kartons gepackt und in einen großen Lastwagen verladen, der sie in ihr neues Heim in Aus-Wisch bringen sollte.

An jenem letzten Morgen, als das Haus leer aussah und gar nicht mehr wie ihr richtiges Zuhause, packten sie die allerletzten Sachen in Koffer, und dann hielt vor der Tür ein Dienstwagen mit rotschwarzen Flaggen und holte sie ab.

Mutter, Maria und Bruno verließen als Letzte das Haus, und Bruno war überzeugt, dass Mutter das Dienstmädchen, das immer noch dastand, nicht wahrnahm. Denn während alle einen letzten Blick in den leeren Flur warfen, in dem die Familie so glückliche Zeiten verbracht hatte, auf die Stelle, wo im Dezember immer der Weihnachtsbaum stand, die Stelle, wo in den Wintermonaten die nassen Schirme in einem Ständer abgestellt wurden, und die Stelle, wo Bruno beim Hereinkommen seine schmutzigen Schuhe ausziehen sollte, es aber nie tat – während alldem schüttelte Mutter den Kopf und sagte etwas sehr Merkwürdiges.

»Wir hätten den Furor nie zum Essen kommen lassen sollen«, sagte sie. »Und alles nur, weil ein gewisser Jemand unbedingt vorankommen will.«

Kaum hatte sie das gesagt, drehte sie sich um, und Bruno entdeckte Tränen in ihren Augen, als sie jedoch Maria sah, die dastand und sie beobachtete, fuhr sie erschreckt zusammen.

»Maria«, sagte sie verstört. »Ich dachte, du wärst schon im Auto.«

»Ich wollte gerade gehen, gnädige Frau«, sagte Maria.

»Ich hatte nicht vor …«, setzte Mutter an,

schüttelte dann den Kopf und fing von vorne an. »Das sollte nicht heißen …«

»Ich wollte gerade gehen, gnädige Frau«, wiederholte Maria, der offenbar die Regel, Mutter nicht zu unterbrechen, unbekannt war. Jedenfalls huschte sie zur Tür hinaus und rannte zum Auto.

Mutter hatte die Stirn gerunzelt, dann aber die Schultern gezuckt, als wäre jetzt ohnehin alles nicht mehr so wichtig. »Dann wollen wir mal, Bruno«, sagte sie, nahm ihn an der Hand und sperrte die Tür hinter ihnen zu. »Hoffen wir nur, dass wir eines Tages wieder zurückkommen, wenn das alles vorbei ist.«

Der Dienstwagen mit den Flaggen vorne hatte sie zu einer Bahnstation gebracht, an der ein breiter Bahnsteig zwei Gleise voneinander trennte. Auf jeder Seite stand ein Zug und wartete auf Fahrgäste. Da auf der anderen Seite sehr viele Soldaten auf und ab gingen und die Gleise von einem langen Häuschen getrennt wurden, das dem Stellwerkswärter gehörte, konnte Bruno die Massen von Menschen nur kurz sehen, bevor er mit seiner Familie in einen sehr behaglichen Zug stieg, in dem kaum jemand saß und es jede Menge freie Plätze gab und frische Luft, wenn man die Fenster herunterzog. Wären die Züge in verschiedene Richtungen gefahren, hätte Bruno das Ganze verstanden, aber das war nicht der Fall: Beide Züge wiesen in Richtung Osten. Er überlegte kurz, ob er über den Bahnsteig rennen und die Leute auf die leeren Plätze in seinem Waggon aufmerksam machen sollte, aber er entschied sich dagegen, weil ihm eine innere Stimme sagte, wenn es seine Mutter nicht ärgern würde, dann ganz bestimmt Gretel, und das wäre noch schlimmer.

Bruno hatte Vater seit der Ankunft in ihrem neuen Haus in Aus-Wisch nicht gesehen. Als vorhin die Tür knarrend geöffnet wurde, hatte er gedacht, Vater sei vielleicht im Schlafzimmer, aber dann war es nur der unfreundliche junge Soldat gewesen, der Bruno eiskalt angestarrt hatte. Bisher hatte er weder Vaters dröhnende Stimme irgendwo gehört noch das schwere Schlagen seiner Stiefel unten auf den Dielenbrettern. Aber es gingen zweifellos Leute ein und aus, und gerade als Bruno überlegte, was am Sinnvollsten wäre, drang von unten ein schrecklicher Krach herauf. Er trat auf den Flur und warf einen Blick über das Geländer.

Vor der offenen Bürotür seines Vaters standen fünf Männer, die lachten und sich die Hand gaben. Vater stand in ihrer Mitte, er sah sehr schick aus in seiner frisch gebügelten Uniform. Sein dichtes schwarzes Haar war eingecremt und gekämmt, und als Bruno ihn von oben betrachtete, empfand er zugleich Angst und Ehrfurcht vor ihm. Die anderen Männer gefielen ihm weniger. Sie sahen auf jeden Fall nicht so gut aus wie Vater. Auch waren ihre Uniformen nicht so frisch gebügelt. Und ihre Stimmen waren nicht so laut, ihre Stiefel glänzten nicht so sehr. Alle hielten ihre Mütze unterm Arm und schienen um Vaters Aufmerksamkeit zu buhlen. Bruno konnte nur ein paar Gesprächsfetzen verstehen.

»… hat vom ersten Moment, seit er hier war, nur Fehler gemacht. Am Ende blieb dem Furor nichts anderes übrig, als ihn zu …«, sagte einer.

»… Disziplin!«, sagte ein anderer. »Und Effizienz. Seit Anfang zweiundvierzig hat es uns an Effizienz gemangelt, und ohne sie …«

»… kein Zweifel, die Zahlen sprechen Bände. Kein Zweifel, Kommandant …«, sagte der dritte.

»… wir sollten noch eine bauen«, sagte der Letzte. »Stellen Sie sich vor, was wir dann leisten könnten … allein die Vorstellung!«

Vater hob eine Hand hoch, was die anderen Männer sofort verstummen ließ. Er sah aus wie der Dirigent eines kleinen Männerchors.

»Meine Herren«, sagte er, und jetzt konnte Bruno jedes Wort hören, denn es gab niemanden, der es besser verstand als Vater, sich in einem Raum Gehör zu verschaffen. »Ich danke Ihnen sehr für Ihre Vorschläge und Ihre Hilfe. Aber Vergangenheit ist Vergangenheit. Jetzt folgt ein Neubeginn, und damit fangen wir morgen an. Fürs Erste sollte ich meiner Familie beim Eingewöhnen helfen, sonst bekomme ich hier drin genauso viel Ärger, wie die Leute dort draußen erwartet, verstehen Sie?«

Die Männer brachen in Gelächter aus und schüttelten Vater die Hand. Bevor sie gingen, stellten sie sich in einer Reihe auf wie Spielzeugsoldaten, dann schossen ihre Arme und ausgestreckten Hände genauso nach vorn, wie Vater es Bruno beigebracht hatte, schnellten dann mit einer zackigen Bewegung von der Brust nach oben in die Luft, und dabei riefen sie die beiden Worte, die Bruno immer sagen sollte, wenn jemand sie zu ihm sagte. Danach zogen sie ab, und Vater ging wieder in sein Büro, zu dem der Zutritt jederzeit und ausnahmslos verboten war.

Bruno stieg langsam die Treppe hinunter und zögerte kurz vor der Tür. Er war traurig, dass Vater in der Zeit, seit er da war, noch nicht nach oben gekommen war und ihn begrüßt hatte, auch wenn man ihm ständig erklärte, dass Vater wirklich sehr beschäftigt war und er nicht mit albernen Dingen – wie beispielsweise ihn zu begrüßen – behelligt werden durfte. Jetzt aber waren die Soldaten weg, und für Bruno sprach nichts dagegen, ihn zu besuchen.

In Berlin war Bruno nur ganz selten in Vaters Büro gewesen, meistens nur, wenn er etwas angestellt hatte und Vater ihm eine ernste Standpauke halten wollte. Trotzdem gehörte die Regel, die für Vaters Büro in Berlin galt, zu den wichtigsten, die Bruno jemals gelernt hatte, und ihm war natürlich klar, dass sie auch in Aus-Wisch galt. Da sie einander jedoch seit mehreren Tagen nicht gesehen hatten, nahm ihm sicher niemand übel, wenn er jetzt zu ihm ging.

Also klopfte er zaghaft an die Tür. Zweimal, ganz leise.

Vielleicht hörte Vater es nicht, vielleicht klopfte Bruno auch nicht laut genug, jedenfalls kam niemand an die Tür, deshalb klopfte Bruno erneut, diesmal etwas lauter, worauf die dröhnende Stimme seines Vater rief: »Herein!«

Bruno drückte die Türklinke, trat ein und nahm seine gewohnte Pose ein: Er machte große Augen, der Mund formte ein staunendes O, und er streckte die Arme aus. Der Rest des Hauses war vielleicht ein bisschen dunkel und düster und bot wenig Möglichkeiten zum Forschen, aber dieser Raum war völlig anders. Zunächst einmal hatte er eine sehr hohe Decke und am Boden einen Teppich, in dem Bruno zu versinken meinte. Die Wände waren kaum sichtbar, denn sie waren von dunklen Mahagoniregalen gesäumt, in denen Bücher standen, wie in der Bibliothek im Haus in Berlin. An der gegenüberliegenden Wand blickten riesige Erkerfenster auf einen Garten und boten Platz für eine gemütliche Sitzbank, und in der Mitte von alldem saß, hinter einem gewaltigen Eichenschreibtisch, Brunos Vater. Beim Eintreten seines Sohnes sah er von seinen Papieren auf und lächelte ihm zu.

»Bruno«, sagte er und kam hinter dem Schreibtisch hervor, um dem Jungen fest die Hand zu schütteln. Vater gehörte für gewöhnlich nicht zu den Leuten, die andere umarmten, im Gegensatz zu Mutter und Großmutter, die großzügiger mit Umarmungen umgingen, als ihm lieb war, und sie auch noch mit sabbernden

Küssen ergänzten. »Mein Sohn«, fügte er gleich darauf hinzu.

»Hallo, Vater«, sagte Bruno zaghaft, leicht eingeschüchtert von dem prachtvollen Raum.

»Bruno, in ein paar Minuten wollte ich zu dir hochkommen, das ist wirklich wahr«, sagte Vater. »Ich musste nur eben ein Treffen zu Ende bringen und einen Brief schreiben. Ihr seid also gut angekommen?«

»Ja, Vater.«

»Hast du deiner Mutter und deiner Schwester geholfen, das Haus leer zu räumen?«

»Ja, Vater.«

»Dann bin ich stolz auf dich«, sagte Vater anerkennend. »Setz dich, mein Sohn.«

Er wies auf einen breiten Sessel seinem Schreibtisch gegenüber, und Bruno kletterte hinauf, seine Füße reichten nicht ganz zum Boden, während Vater an seinen Platz hinterm Schreibtisch zurückkehrte und ihn musterte. Eine Weile sagten sie nichts, bis Vater schließlich das Schweigen brach.

»Und?«, fragte er. »Was denkst du?«

»Was ich denke?«, fragte Bruno. »Was soll ich wovon denken?«

»Von deinem neuen Zuhause. Gefällt es dir?«

»Nein«, sagte Bruno schnell, weil er immer ehrlich sein wollte und wusste, wenn er auch nur eine Sekunde zögerte, würde er sich nicht mehr trauen, offen seine Meinung zu sagen. »Ich finde, wir sollten nach Hause gehen«, setzte er mutig hinzu.

Vaters Lächeln schwand nur unmerklich. Er sah kurz auf seinen Brief hinunter, bevor er wieder aufblickte, so als wollte er sich seine Antwort gut überlegen. »Nun, wir sind zu Hause, Bruno«, sagte er schließlich leise. »Aus-Wisch ist unser neues Zuhause.«

»Aber wann können wir wieder nach Berlin zurück?«, fragte Bruno, dem bei Vaters Worten ganz schwer ums Herz wurde. »Dort ist es viel schöner.«

»Jetzt mach mal halblang«, sagte Vater, der davon nichts wissen wollte. »Damit fangen wir gar nicht erst an«, sagte er. »Ein Zuhause ist kein Gebäude oder eine Straße oder eine Stadt oder etwas Künstliches aus Backsteinen und Mörtel. Ein Zuhause ist da, wo man seine Familie hat, nicht wahr?«

»Ja, aber ...«

»Und unsere Familie ist hier, Bruno. In Aus-Wisch. *Ergo*, muss das unser Zuhause sein.«

Bruno wusste nicht, was *ergo* bedeutete, doch

das war auch nicht nötig, denn er hatte schon eine kluge Antwort für Vater. »Aber Großvater und Großmutter sind in Berlin«, sagte er. »Sie gehören auch zu unserer Familie. Also kann das nicht unser Zuhause sein.«

Vater überdachte Brunos Einwand und nickte. Er ließ sich lange Zeit mit einer Antwort. »Ja, Bruno, sie sind in Berlin. Aber in unserer Familie sind du und ich und Mutter und Gretel die wichtigsten Personen. Und wir leben jetzt hier. In Aus-Wisch. Jetzt mach nicht so ein unglückliches Gesicht!« (Bruno sah nämlich höchst unglücklich aus.) »Du hast es noch gar nicht versucht. Vielleicht gefällt es dir hier.«

»Mir gefällt es hier nicht«, beharrte Bruno.

»Bruno ...«, sagte Vater müde.

»Karl ist nicht da und Daniel ist nicht da und Martin auch nicht. Außerdem sind keine anderen Häuser in der Nähe, keine Obst- und Gemüsestände, keine Straßen und Cafés mit Tischen draußen, und keine Leute, die einen am Samstagnachmittag von Pontius zu Pilatus schieben.«

»Bruno, im Leben müssen wir manchmal Dinge tun, die wir uns nicht aussuchen können«, sagte Vater, und Bruno merkte, er wurde der Unterhaltung jetzt langsam überdrüssig.

»Und ich fürchte, der Umzug hierher ist eins davon. Das ist meine Arbeit, wichtige Arbeit. Wichtig für unser Land. Wichtig für den Furor. Eines Tages wirst du das verstehen.«

»Ich will nach Hause«, sagte Bruno. Er spürte, wie ihm Tränen in die Augen stiegen, und wünschte sich sehnlichst, Vater würde einsehen, wie hässlich es hier in Aus-Wisch war, und zugeben, dass es an der Zeit war zu gehen.

»Du musst begreifen, dass du zu Hause *bist*«, sagte er stattdessen, was Bruno enttäuschte. »Für die absehbare Zukunft ist dies dein Zuhause.«

Bruno schloss kurz die Augen. Bisher war es nicht oft vorgekommen, dass er seinen Willen so hartnäckig durchsetzen wollte, und bestimmt hatte er sich noch nie so vehement an Vater gewandt und versucht ihn umzustimmen. Aber die Vorstellung, hierzubleiben, die Vorstellung, an einem derart scheußlichen Ort zu leben, wo es niemanden zum Spielen gab, war ihm einfach unerträglich. Als er die Augen kurz darauf wieder öffnete, kam Vater hinter dem Schreibtisch vor und setzte sich neben ihn in einen Sessel. Bruno sah zu, wie er ein silbernes Etui öffnete, eine Zigarette herausnahm und sie auf den Tisch klopfte, bevor er sie anzündete.

»Als ich ein Kind war«, sagte Vater, »gab es gewisse Dinge, die ich nicht tun wollte, aber wenn mein Vater gesagt hat, dass es für alle besser wäre, wenn ich sie tun würde, habe ich mein Bestes versucht und mich damit abgefunden.«

»Was für Dinge?«, fragte Bruno.

»Ach, ich weiß nicht«, sagte Vater und zuckte die Schultern. »Letztendlich ist das auch nicht wichtig. Ich war nur ein Kind und wusste nicht, was das Beste war. Manchmal wollte ich zum Beispiel nicht zu Hause bleiben und meine Schulaufgaben fertig machen; ich wollte raus auf die Straße und mit meinen Freunden spielen, genau wie du. Wenn ich aber jetzt zurückblicke, sehe ich ein, wie dumm ich war.«

»Dann weißt du ja, wie es mir geht«, sagte Bruno zuversichtlich.

»Ja, aber ich wusste auch, dass mein Vater, dein Großvater, genau wusste, was das Beste für mich war, und dass ich immer am glücklichsten war, wenn ich das einfach akzeptiert habe. Meinst du, mein Leben wäre so erfolgreich, wenn ich nicht gelernt hätte, wann ich streiten oder wann ich den Mund halten und Befehlen gehorchen soll? Na, Bruno? Was meinst du?«

Bruno sah sich um. Sein Blick landete auf dem Fenster in der Zimmerecke, und er konnte die hässliche Landschaft draußen sehen.

»Hast du einen Fehler gemacht?«, fragte er nach einer Weile. »Einen Fehler, über den sich der Furor geärgert hat?«

»Ich?«, sagte Vater und sah ihn überrascht an. »Was meinst du damit?«

»Hast du bei deiner Arbeit etwas Schlimmes gemacht? Ich weiß, dass alle sagen, du bist ein wichtiger Mann und der Furor hat Großes mit dir vor, aber er hätte dich wohl kaum an so einen Ort geschickt, wenn du nicht etwas getan hättest, wofür er dich bestrafen will.«

Vater lachte, und das regte Bruno noch mehr auf; nichts ärgerte ihn mehr als Erwachsene, die ihn auslachten, weil er etwas nicht wusste, besonders wenn er versuchte, durch Fragenstellen die Antwort herauszufinden.

»Du verstehst nicht, wie wichtig so eine Position ist«, sagte Vater.

»Aber ich kann mir nicht vorstellen, dass du deine Arbeit sehr gut gemacht hast, wenn wir von einem sehr schönen Haus und unseren Freunden wegziehen und an einen schrecklichen Ort wie diesen kommen müssen. Ich glaube, du hast etwas falsch gemacht, deshalb solltest du dich beim Furor entschuldigen, vielleicht erledigt sich dann alles von selbst. Vielleicht verzeiht er dir, wenn es dir ernst ist.«

Die Worte waren draußen, noch ehe er richtig überlegen konnte, ob sie vernünftig waren oder nicht; sobald sie in der Luft schwebten, fand er sie für Vater ganz und gar unpassend, aber zu spät, sie waren ausgesprochen und konnten nicht mehr rückgängig gemacht werden. Bruno schluckte nervös und sah nach kurzem Schweigen wieder zu Vater, der ihn mit steinerner Miene anstarrte. Bruno leckte sich die Lippen und schaute zur Seite. Es war bestimmt nicht ratsam, Vaters Blick standzuhalten.

Nach ein paar stillen, unangenehmen Minuten erhob sich Vater langsam aus dem Sessel, ging wieder hinter den Schreibtisch und legte seine Zigarette auf einen Aschenbecher.

»Ich frage mich, ob du sehr mutig bist«, sagte er nach einer Weile, als überdenke er die Angelegenheit, »oder einfach nur respektlos. Vielleicht ist es ja gar nicht so schlimm.«

»Ich wollte nicht ...«

»Aber jetzt bist du still«, sagte Vater laut und fiel ihm ins Wort, denn für ihn galten die Regeln des normalen Familienlebens nicht.

»Bis jetzt habe ich große Rücksicht auf deine Gefühle genommen, Bruno, weil ich weiß, dass der Umzug nicht einfach für dich ist. Ich habe mir angehört, was du zu sagen hast, auch wenn deine Jugend und Unerfahrenheit dich zwingen, manches auf eine freche Art zu formulieren. Du hast gemerkt, dass ich auf nichts davon reagiert habe. Aber jetzt ist der Moment gekommen, an dem du schlicht akzeptieren musst, dass …«

»Ich will es nicht akzeptieren!«, schrie Bruno und blinzelte erstaunt, weil er nicht damit gerechnet hatte, dass er laut werden würde. (Genau genommen überraschte es ihn sogar selbst.) Er spannte sich leicht an und machte sich darauf gefasst, notfalls davonzurennen. Aber heute schien Vater nichts zu ärgern – und wenn Bruno ehrlich mit sich war, musste er zugeben, dass Vater nur selten ärgerlich wurde; meistens wurde er nur still und kühl und bekam am Ende immer seinen Willen. Statt ihn jetzt anzuschreien oder ihn durchs Haus zu jagen, schüttelte er lediglich den Kopf und zeigte damit an, dass ihre Unterhaltung beendet war.

»Geh in dein Zimmer, Bruno«, sagte er so leise, dass Bruno wusste, er meinte es wirklich ernst, und so stand Bruno auf, während ihm

Tränen der Enttäuschung in die Augen stiegen. Er ging zur Tür, doch bevor er sie öffnete, drehte er sich um und wollte eine letzte Frage stellen.

»Vater?«, setzte er an.

»Bruno, ich denke nicht daran ...«, sagte Vater gereizt.

»Es ist nicht das«, sagte Bruno schnell. »Ich habe noch eine andere Frage.«

Vater seufzte, bedeutete ihm aber, dass er fragen sollte, und danach wäre die Angelegenheit erledigt, ohne jede weitere Diskussion.

Bruno überdachte seine Frage, denn diesmal wollte er sie absolut richtig formulieren, damit sie nicht als ungezogen und rücksichtslos herauskam. »Wer sind die vielen Leute dort draußen?«, sagte er schließlich.

Vater neigte den Kopf nach links, die Frage schien ihn leicht zu verwirren. »Soldaten, Bruno«, sagte er. »Und Sekretäre. Mitarbeiter. Du hast sie natürlich alle schon gesehen.«

»Nein, nicht die«, sagte Bruno. »Die Leute, die ich von meinem Fenster aus sehe. Die in den Baracken, in der Ferne. Sie sind alle gleich angezogen.«

»Ach, die«, sagte Vater. Er nickte und lächelte leicht. »Das ... na ja, das sind eigentlich gar keine Menschen, Bruno.«

Bruno runzelte die Stirn. »Nein?«, fragte er und war nicht sicher, was Vater damit meinte.

»Na ja, jedenfalls nicht in dem Sinn, wie wir den Begriff verstehen«, fuhr Vater fort. »Aber über die solltest du dir wirklich keine Sorgen machen. Sie haben nichts mit dir zu tun. Du hast absolut nichts mit ihnen gemein. Gewöhne dich in dein neues Zuhause ein und sei brav, mehr verlange ich nicht. Akzeptiere die Situation, in der du dich befindest, dann wird alles umso einfacher.«

»Ja, Vater«, sagte Bruno, auch wenn ihn die Antwort nicht befriedigte.

Er öffnete die Tür, aber Vater rief ihn noch einmal zurück, stand auf und hob eine Augenbraue, als wollte er ihn an etwas erinnern. Im selben Moment, noch während Vater das Zeichen gab, fiel es Bruno wieder ein. Er sagte die Wendung und imitierte genau seine Haltung.

Er drückte die beiden Füße aneinander und stieß den rechten Arm in die Luft vor ihm, knallte die beiden Hacken zusammen und sagte so tief und deutlich er konnte – wobei er versuchte, möglichst wie sein Vater zu klingen – die Worte, die er immer sagte, wenn er sich von einem Soldaten verabschiedete.

»*Heil Hitler*«, sagte er, was, wie er an-
nahm, eine andere Möglichkeit war zu sagen:
*Na dann, auf Wiedersehen und einen schönen
Nachmittag.*

Kapitel sechs

DAS ÜBERBEZAHLTE DIENSTMÄDCHEN

Ein paar Tage später lag Bruno auf dem Bett in seinem Zimmer und starrte an die Decke. Die weiße Farbe war rissig und blätterte auf unangenehme Weise ab, ganz anders als der Anstrich im Haus in Berlin, der nie aufplatzte und jeden Sommer, wenn Mutter die Maler bestellte, erneuert wurde. An jenem speziellen Nachmittag lag er da, starrte auf die spinnenartigen Risse und überlegte mit zusammengekniffenen Augen, was sich dahinter verbergen mochte. Er stellte sich vor, dass in dem Raum zwischen Farbschicht und Decke Insekten wohnten, die den Putz wegdrückten und lange Risse verursachten, die sich ausbreiteten, bis sie eine Lücke geschaffen hatten, durch die sie sich zwängen konnten, um sich sodann ein Fenster zu suchen, aus dem sie entkommen konnten. Nichts, dachte Bruno, nicht einmal die Insekten würden freiwillig in Aus-Wisch bleiben.

»Alles hier ist schrecklich«, sagte er laut, obwohl niemand da war, der ihn hören konnte, aber irgendwie war ihm wohler, wenn er die Wörter ausgesprochen hörte. »Ich hasse dieses Haus, ich hasse mein Zimmer und ich hasse auch den Anstrich. Ich hasse alles. Absolut alles.«

Gerade als er wieder verstummte, trat Maria mit einem Armvoll sauberer, trockener und gebügelter Wäsche durch die Tür. Sie zögerte kurz, als sie ihn auf dem Bett liegen sah, neigte dann aber leicht den Kopf und ging schweigend zum Schrank.

»Hallo«, sagte Bruno. Eine Unterhaltung mit einem Dienstmädchen war vielleicht nicht vergleichbar mit einer Unterhaltung zwischen Freunden, aber es gab nun mal niemanden, mit dem er sonst reden konnte, und es war immer noch sinnvoller, als Selbstgespräche zu führen. Gretel war nirgends zu finden, und er hatte sich schon Sorgen gemacht, dass er vor Langeweile verrückt würde.

»Bruno«, sagte Maria leise, trennte seine Unterhemden von seinen Hosen und Unterhosen, dann legte sie alles in verschiedene Schubladen und auf verschiedene Regale.

»Wahrscheinlich bist du genauso unglücklich mit der neuen Lösung wie ich«, sagte Bruno, worauf sie sich umdrehte und ihn mit einer Miene ansah, die nahelegte, dass sie ihn nicht so recht verstand. »Das hier«, erklärte er, setzte sich auf und sah sich um. »Alles. Ist es nicht schrecklich? Ödet dich nicht auch alles an?«

Maria öffnete den Mund, um etwas zu sagen, schloss ihn aber genauso schnell wieder. Offenbar wollte sie ihre Antwort gut überdenken und in Ruhe die richtigen Worte wählen, überlegte es sich dann aber anders und verwarf sie ganz und gar. Bruno kannte Maria fast schon sein ganzes Leben lang. Sie hatte bei ihnen zu arbeiten angefangen, als er erst drei war, und meistens waren sie gut miteinander ausgekommen, allerdings hatte sie auch nie irgendwelche Gefühlsregungen gezeigt. Sie erledigte nur ihre Arbeit, polierte Möbel, kümmerte sich um die Wäsche, half beim Einkaufen und Kochen, brachte ihn manchmal zur Schule und holte ihn wieder ab, das allerdings häufiger in der Zeit, als er noch acht war; mit neun beschloss er, dass er alt genug war, um allein in die Schule und zurück zu gehen.

»Dann gefällt es dir hier nicht?«, sagte sie schließlich.

»Gefallen?«, erwiderte Bruno und lachte leise. »Gefallen?«, wiederholte er, nunmehr etwas lauter. »Natürlich gefällt es mir nicht! Es ist schrecklich! Ich kann nichts tun, ich habe niemanden zum Reden, niemanden zum Spielen. Bist du denn gern hier?«

»Den Garten am Haus in Berlin mochte ich immer sehr«, sagte Maria und beantwortete damit eine gänzlich andere Frage. »Wenn es nachmittags warm war, habe ich mich gern in die Sonne gesetzt und unter dem Efeubaum am Teich zu Mittag gegessen. Die Blumen dort waren so hübsch. Die Düfte. Und die Bienen sind immer um die Blüten geflogen und haben einem nie etwas getan, wenn man sie in Ruhe gelassen hat.«

»Dann gefällt es dir hier also nicht?«, fragte Bruno. »Findest du es genauso schlimm wie ich?«

Maria runzelte die Stirn. »Das spielt keine Rolle«, sagte sie.

»Was spielt keine Rolle?«

»Was ich denke.«

»Aber natürlich spielt das eine Rolle«, sagte Bruno gereizt, als wäre sie nur absichtlich kompliziert. »Schließlich gehörst du zur Familie.«

»Ich bin nicht sicher, ob dein Vater dem zustimmen würde«, sagte Maria und musste lächeln, weil seine Bemerkung sie rührte.

»Jedenfalls bist du gegen deinen Willen hierher gebracht worden, genau wie ich. Wenn du mich fragst, sitzen wir alle im selben Boot. Und es sinkt.«

Einen Augenblick lang hatte Bruno den Eindruck, dass Maria ihm ihre wahre Meinung sagen wollte. Sie legte die restlichen Sachen aufs Bett und ballte ihre Hände zu Fäusten, als wäre sie über etwas schrecklich wütend. Ihr Mund öffnete sich, erstarrte aber sogleich, als hätte sie Angst vor den vielen Dingen, die sie sagen könnte, wenn sie erst einmal anfing.

»Bitte sag's mir, Maria«, bettelte Bruno. »Wenn wir uns nämlich alle einig sind, können wir Vater vielleicht überreden, uns wieder nach Berlin zu schicken.«

Schweigend wandte sie den Blick von ihm ab, schüttelte dann traurig den Kopf und sah ihn wieder an. »Dein Vater weiß, was das Beste ist«, sagte sie. »Darauf musst du vertrauen.«

»Ich weiß nicht, ob ich das kann«, sagte Bruno. »Ich glaube, er hat einen schrecklichen Fehler gemacht.«

»Dann ist es ein Fehler, mit dem wir alle leben müssen.«

»Wenn ich einen Fehler mache, werde ich bestraft«, erwiderte Bruno. Ihn ärgerte es, dass die Regeln, die für Kinder galten, offenbar nie von Erwachsenen befolgt werden mussten (obwohl sie es waren, die sie aufstellten). »Dummer Vater«, fügte er leise hinzu.

Marias Augen weiteten sich, dann trat sie einen Schritt auf ihn zu und hielt entsetzt die Hände vor den Mund. Sie sah sich um, ob auch wirklich niemand in der Nähe war und gehört hatte, was Bruno gerade gesagt hatte. »Das darfst du nicht sagen«, ermahnte sie ihn. »So etwas darfst du nie über deinen Vater sagen.«

»Warum denn nicht?«, fragte Bruno. Er schämte sich selbst ein wenig für seine Worte, aber das Letzte, was er zu tun gedachte, war, sich zurückzulehnen und ausgeschimpft zu werden, wenn seine Meinung ohnehin niemanden interessierte.

»Weil dein Vater ein guter Mann ist«, sagte Maria. »Ein sehr guter Mann. Er sorgt für uns alle.«

»Du meinst, weil er uns den weiten Weg hierher gebracht hat, ans Ende der Welt? Nennst du das für uns sorgen?«

»Dein Vater hat vieles getan«, sagte sie. »Viele Dinge, auf die du stolz sein solltest.

Wenn dein Vater nicht wäre, wo wäre ich dann jetzt wohl?«

»Vermutlich in Berlin«, sagte Bruno. »Du würdest in einem schönen Haus arbeiten. Mittags unter dem Efeu essen und die Bienen in Ruhe lassen.«

»Du erinnerst dich nicht mehr, als ich bei euch zu arbeiten angefangen habe, nicht?«, fragte sie leise und setzte sich kurz auf den Bettrand, etwas, das sie noch nie getan hatte. »Wie sollst du auch? Du warst erst drei. Dein Vater hat mich aufgenommen und mir geholfen, als ich ihn brauchte. Er hat mir Arbeit gegeben, ein Dach über dem Kopf. Essen. Du kannst dir nicht vorstellen, wie es ist, wenn man nichts zu essen hat. Du bist nie hungrig gewesen, nicht?«

Bruno runzelte die Stirn. Am liebsten hätte er gesagt, dass er gerade jetzt was zwischen die Zähne gebrauchen könnte, doch stattdessen schaute er zu Maria und stellte zum ersten Mal fest, dass er sie noch nie als richtigen Menschen mit einem Leben und einer eigenen Geschichte gesehen hatte. Letztendlich war sie immer nur das Dienstmädchen der Familie gewesen (soweit er wusste). Er konnte sich nicht einmal genau erinnern, ob er sie schon jemals in etwas anderem als ihrer Dienstmädchenuniform gesehen hatte. Aber wenn er es sich recht überlegte, so wie jetzt, musste er zugeben, dass es in ihrem Leben mehr geben musste, als immer nur ihn und seine Familie zu bedienen. Vermutlich gingen ihr Gedanken durch den Kopf, genau wie ihm. Vermutlich fehlten ihr manche Dinge, beispielsweise Freunde, die sie wiedersehen wollte, genau wie er. Und vermutlich hatte sie sich seit ihrer Ankunft hier jeden Abend in den Schlaf geweint, genau wie Jungen, die längst nicht so groß und tapfer waren wie er. Außerdem war sie ziemlich hübsch, stellte er fest, und bei diesem Gedanken war ihm innerlich ein bisschen komisch zumute.

»Meine Mutter kannte deinen Vater, als er noch ein Junge in deinem Alter war«, sagte Maria einen Augenblick später. »Sie hat für deine Großmutter gearbeitet. Sie war ihre Garderobiere, als deine Großmutter als junge Frau auf Deutschlandtournee war. Sie hat alle Kleider für ihre Konzerte hergerichtet – sie gewaschen, gebügelt, ausgebessert. Lauter prächtige Abendkleider. Und die Stickereien, Bruno! Jeder Entwurf das reinste Kunstwerk. Solche Damenschneider findest du heutzutage nicht mehr.« Sie schüttelte den Kopf und lächelte bei der Erinnerung daran, während Bruno ihr geduldig zuhörte. »Sie hat dafür gesorgt, dass die Kleider ausgebreitet dalagen, wenn deine Großmutter vor einem Auftritt in ihre Garderobe kam. Und als deine Großmutter sich von der Bühne zurückzog, blieb meine Mutter natürlich mit ihr befreundet und erhielt eine kleine Pension, aber damals waren harte Zeiten, und dein Vater bot mir eine Stellung an, es war meine allererste. Ein paar Monate später wurde meine Mutter schwer krank. Sie musste gepflegt werden, und dein Vater kümmerte sich darum, obwohl ihn nichts dazu verpflichtet hat. Er bezahlte alles aus seiner eigenen Tasche, weil sie eine Freundin seiner Mutter war. Aus dem gleichen Grund nahm er mich in seinem Haushalt auf. Und als sie starb, übernahm er sämtliche Kosten für ihr Begräbnis. Bezeichne deinen Vater also nie wieder als dumm, Bruno. Nicht vor mir. Das lass ich nicht zu.«

Bruno biss sich auf die Lippe. Eigentlich hatte er gehofft, Maria würde ihm in seinem Kampf, von Aus-Wisch wegzukommen, zur Seite stehen, aber jetzt merkte er, wem sie wirklich die Treue hielt. Und er musste zugeben, dass er ziemlich stolz auf seinen Vater war, als er die Geschichte hörte.

»Na ja«, sagte er, denn im Augenblick fiel ihm nichts Klügeres ein, »das war wirklich nett von ihm.«

»Ja«, sagte Maria, stand auf und trat an das Fenster, von dem aus Bruno die Baracken und die Leute in der Ferne sehen konnte. »Damals war er sehr nett zu mir«, fuhr sie leise fort. Sie schaute jetzt auch aus dem Fenster, beobachtete die Leute und die Soldaten, die weit entfernt ihren Aufgaben nachgingen. »Im Grunde hat er ein gutes Herz, wirklich, und deshalb wundert es mich ...« Sie verlor sich in Gedanken, während sie hinaussah, und plötzlich zitterte ihre Stimme, und sie klang, als würde sie gleich weinen.

»Wundert dich was?«, fragte Bruno.

»Wundert mich, dass ... wie er nur ...«

»Wie er nur *was*?«, hakte Bruno nach.

Der Lärm einer knallenden Tür drang von unten herauf und hallte so laut im Haus wider – wie ein Gewehrschuss –, dass Bruno zusammenschreckte und Maria einen kurzen Schrei ausstieß. Bruno hörte Schritte die Treppe heraufpoltern, immer schneller, und er kroch auf dem Bett zurück und drückte sich an die Wand, weil er plötzlich Angst vor dem hatte, was als Nächstes passierte. Er hielt die Luft an und erwartete Ärger, aber es war nur Gretel, der hoffnungslose Fall. Sie streckte den Kopf zur Tür herein und schien überrascht, dass sich ihr Bruder und das Dienstmädchen der Familie unterhielten.

»Was ist los?«, fragte Gretel.

»Nichts«, erwiderte Bruno abwehrend. »Was willst du? Verschwinde.«

»Verschwinde selber«, erwiderte sie, obwohl es sein Zimmer war. Dann wandte sie sich Maria zu und kniff dabei misstrauisch die Augen zusammen. »Lass mir ein Bad ein, Maria, ja?«, sagte sie.

»Warum lässt du dir nicht selber ein Bad ein?«, fuhr Bruno sie an.

»Weil sie das Dienstmädchen ist«, sagte Gretel und starrte ihn an. »Dafür ist sie schließlich da.«

»Dafür ist sie *nicht* da«, schrie Bruno, stand auf und marschierte zu ihr. »Sie ist nicht nur da, um dauernd Sachen für uns zu machen, verstehst du? Vor allem Sachen, die wir selber machen können.«

Gretel starrte ihn an, als wäre er übergeschnappt, und dann schaute sie zu Maria, die rasch den Kopf schüttelte.

»Natürlich, Gretel«, sagte Maria. »Ich will

nur eben die Sachen von deinem Bruder aufräumen, dann bin ich gleich bei dir.«

»Aber beeil dich«, sagte Gretel schroff, stolzierte in ihr Zimmer davon und schloss die Tür hinter sich. Im Gegensatz zu Bruno überlegte sie nie, dass Maria ein Mensch mit Gefühlen war, genau wie sie auch. Maria sah ihr nicht hinterher, aber ihre Wangen waren hochrot angelaufen.

»Ich glaube trotzdem, dass er einen schrecklichen Fehler gemacht hat«, sagte Bruno leise nach ein paar Minuten, weil er meinte, sich für das Verhalten seiner Schwester entschuldigen zu müssen, aber nicht wusste, ob es richtig war oder nicht. Bruno fühlte sich in solchen Situationen immer sehr unwohl, denn in seinem Herzen wusste er, es gab keinen Grund, zu anderen unhöflich zu sein, auch wenn sie für einen arbeiteten. Schließlich gab es so etwas wie Umgangsformen.

»Selbst wenn du das glaubst, darfst du es nicht laut sagen«, entgegnete Maria rasch, ging auf ihn zu und sah aus, als wollte sie ihn gleich schütteln, um ihm Verstand beizubringen. »Versprich es mir.«

»Aber warum?«, fragte er missmutig. »Ich sage doch bloß, was ich denke. Das darf ich doch, oder?«

»Nein«, sagte sie. »Darfst du nicht.«

»Ich darf nicht sagen, was ich denke?«, wiederholte er ungläubig.

»Nein«, beharrte sie, und ihre Stimme klang schrill, als sie jetzt fast flehend zu ihm sagte: »Behalt es einfach für dich, Bruno. Ist dir nicht klar, dass du uns damit viel Ärger einhandeln kannst? Uns allen?«

Bruno starrte sie an. In ihrem Blick lag eine rasende Angst, wie er sie noch nie gesehen hatte, und das beunruhigte ihn. »Na gut«, murmelte er, stand auf und ging zur Tür, weil er plötzlich möglichst schnell von ihr weg wollte. »Ich habe nur gesagt, dass es mir hier nicht gefällt, mehr nicht. Ich wollte mich nur unterhalten, während du die Wäsche einräumst. Schließlich habe ich ja nicht vor, wegzulaufen oder was. Aber wenn ich es tun würde, könnte mir das niemand vorwerfen.«

»Willst du deine Mutter und deinen Vater halb zu Tode ängstigen?«, fragte Maria. »Bruno, wenn du nur ein bisschen Verstand hast, bist du still und konzentrierst dich auf deine Schularbeiten und tust, was dir dein Vater sagt. Wir müssen alle dafür sorgen, dass uns nichts zustößt, bis das alles vorbei ist. Ich habe das jedenfalls vor. Was könnten wir sonst auch anderes tun? Es liegt nicht in unserer Hand, Dinge zu ändern.«

Plötzlich und ohne zu wissen warum, verspürte Bruno das überwältigende Bedürfnis zu weinen. Es überraschte ihn selbst, und er blinzelte schnell ein paar Mal, damit Maria nicht merkte, wie ihm zumute war. Als er sie jedoch wieder ansah, hatte er den Eindruck, dass an diesem Tag vielleicht etwas Seltsames in der Luft lag, denn auch in ihren Augen schimmerten Tränen. Alles in allem fühlte er sich sehr unwohl, deshalb drehte er ihr den Rücken zu und lief zur Tür.

»Wohin gehst du?«, fragte Maria.

»Nach draußen«, sagte Bruno verärgert. »Falls dich das was angeht.«

Er ging langsam, doch sobald er aus dem Zimmer war, lief er etwas schneller zur Treppe und rannte dann in vollem Tempo die Stufen hinunter, weil er plötzlich das Gefühl hatte, wenn er nicht bald aus dem Haus käme, würde er in Ohnmacht fallen. Ein paar Sekunden später war er draußen und fing an, die Einfahrt auf und ab zu rennen, er musste sich unbedingt bewegen, damit er müde wurde. In der Ferne sah er das Tor, das auf die Straße führte, die zum Bahnhof führte, der nach Hause führte, doch die Vorstellung, zurückzufahren, die Vorstellung, davonzulaufen und ganz allein auf sich gestellt zu sein, war noch unangenehmer als die Vorstellung, zu bleiben.

Kapitel sieben

MUTTER NIMMT VERDIENST FÜR ETWAS IN ANSPRUCH,

DAS SIE NICHT GETAN HAT

Mehrere Wochen nach Brunos Ankunft in Aus-Wisch mit seiner Familie und ohne die geringste Aussicht, von Karl, Daniel oder Martin besucht zu werden, kam er zu dem Schluss, dass er sich schnellstens einen Zeitvertreib suchen sollte, weil er sonst langsam verrückt würde.

Bislang hatte Bruno nur einen Menschen gekannt, den er für verrückt hielt, und das war Herr Roller, ein Mann ungefähr in Vaters Alter, der bei ihnen in Berlin um die Ecke gewohnt hatte. Man sah ihn zu allen möglichen Tages- und Nachtzeiten die Straße auf und ab gehen und schreckliche Streitigkeiten mit sich austragen. Manchmal geriet die Auseinandersetzung mitten im Wortwechsel außer Kontrolle, und dann wollte er mit seinem eigenen Schatten an der Wand boxen. Hin und wieder kämpfte er so erbittert, dass er mit den Fäusten auf die Backsteinmauer schlug, bis sie bluteten, dann fiel er auf die Knie und begann laut zu jammern und haute sich mit den Händen auf den Kopf. Ein paar Mal hatte Bruno ihn Worte sagen hören, die er nicht benutzen durfte, und er musste sich dann immer das Lachen verkneifen.

»Du solltest nicht über den armen Herrn Roller lachen«, hatte Mutter zu ihm gesagt, als er ihr eines Nachmittags die Geschichte seiner letzten Eskapade erzählte. »Du hast keine Ahnung, was er im Leben alles durchgemacht hat.«

»Er ist verrückt«, sagte Bruno, und dabei drehte er seitlich am Kopf einen Finger in Kreisen und pfiff, um zu zeigen, für wie verrückt er den Mann hielt. »Neulich ist er auf der Straße zu einer Katze gegangen und hat sie für nachmittags zum Kaffee eingeladen.«

»Und was hat die Katze gesagt?«, fragte Gretel, die sich gerade ein Brot in der Küche schmierte.

»Nichts«, erklärte Bruno. »War ja schließlich eine Katze.«

»Ich meine es ernst«, beharrte Mutter. »Franz war ein sehr netter junger Mann – ich kannte ihn schon, als ich ein kleines Mädchen war. Er war freundlich und nachdenklich, und das

Tanzbein konnte er schwingen wie Fred Astaire. Aber im Ersten Weltkrieg erlitt er eine schreckliche Kopfverletzung, deswegen verhält er sich heute so. Darüber lacht man nicht. Ihr macht euch keine Vorstellung, was die jungen Männer damals durchgestanden haben. Ihr Leiden.«

Bruno war zu der Zeit erst sechs gewesen und wusste nicht genau, worauf seine Mutter anspielte. »Das war vor vielen Jahren«, erklärte sie ihm, als er nachfragte. »Bevor du geboren warst. Franz war einer der jungen Männer, die für uns in den Schützengräben gekämpft haben. Dein Vater kannte ihn damals sehr gut; ich glaube, sie haben zusammen gedient.«

»Und was ist mit ihm passiert?«, fragte Bruno.

»Das tut nichts zur Sache«, sagte Mutter. »Krieg ist kein geeignetes Thema für eine Unterhaltung. Ich fürchte, bald werden wir ohnehin viel zu oft darüber reden.«

Das war etwas mehr als drei Jahre vor ihrer Ankunft in Aus-Wisch gewesen, und in der Zwischenzeit hatte Bruno nicht oft an Herrn Roller gedacht, aber plötzlich war er überzeugt, wenn er nicht etwas Vernünftiges machte, etwas, um seinen Verstand zu beschäftigen, dann würde auch er, ehe er sich's versah, durch die Straßen wandern, Streitigkeiten mit sich austragen und Haustiere zu gesellschaftlichen Anlässen einladen.

Um sich zu beschäftigen, verbrachte Bruno einen ganzen Samstagvormittag und -nachmittag damit, eine Zerstreuung für sich zu erfinden. Ein Stück vom Haus entfernt – auf Gretels Seite und von seinem Zimmerfenster aus unmöglich zu sehen – stand eine riesige Eiche mit einem sehr dicken Stamm. Ein hoher Baum mit starken Ästen, die stabil genug waren, um einen kleinen Jungen zu halten. Die Eiche sah so alt aus, dass sie Brunos Ansicht nach vermutlich irgendwann im späten Mittelalter gepflanzt worden sein musste, ein Zeitalter, das er vor kurzem durchgenommen hatte und sehr interessant fand, besonders die Teile über Ritter, die auf der Suche nach Abenteuern in fremde Länder zogen und dort interessante Phänomene entdeckten.

Es gab nur zwei Dinge, die Bruno für sein neues Vergnügen benötigte: ein Seil und einen Gummireifen. Das Seil war leicht zu finden, denn im Keller gab es davon jede Menge, und dann machte er etwas ganz Gefährliches, er suchte ein scharfes Messer und schnitt so viele Stücke ab, wie er seiner Schätzung nach brauchte. Die Stücke brachte er zur Eiche und legte sie dort für später auf den Boden. Der Reifen allerdings war eine andere Sache.

An jenem Morgen waren seine Eltern beide nicht da. Mutter hatte das Haus schon früh in aller Eile verlassen und war mit dem Zug in eine nahe gelegene Stadt gefahren, um für den Tag ein bisschen Luftveränderung zu bekommen. Und Vater hatte er zuletzt gesehen, als er in Richtung der Baracken vor Brunos Fenster ging. Aber es parkten wie immer viele Lastwagen und Autos in der Nähe des Hauses, und auch wenn ihm klar war, dass er unmöglich einen Reifen von einem der Fahrzeuge stehlen durfte, bestand durchaus die Möglichkeit, irgendwo einen Ersatzreifen zu finden.

Als er nach draußen trat, sah er Gretel mit Oberleutnant Kotler reden und überlegte sich, wenn auch nicht sehr begeistert, dass es am sinnvollsten wäre, ihn zu fragen. Oberleutnant Kotler war der junge Mann, den Bruno am ersten Tag in Aus-Wisch gesehen hatte, der Soldat, der oben in ihrem Haus aufgetaucht war und ihn kurz gemustert hatte, ehe er nickte und seinen Weg fortsetzte. Bruno hatte ihn seither bei vielen Gelegenheiten gesehen, denn er ging im Haus ein und aus, als ob es ihm gehörte, und zu Vaters Büro war ihm der Zutritt eindeutig nicht verboten, aber miteinander geredet hatten sie nicht sehr oft. Bruno war nicht ganz sicher warum, aber er spürte, dass er Oberleutnant Kotler nicht mochte. In seiner Nähe wurde ihm meistens ganz kalt, und er hatte das Gefühl, er müsste einen Pullover überziehen. Trotzdem gab es sonst niemanden, den er fragen konnte, und deshalb ging er mit so viel Selbstvertrauen, wie er aufbringen konnte, zu Kotler und begrüßte ihn.

An den meisten Tagen sah der junge Oberleutnant sehr elegant aus und lief in einer Uniform herum, die aussah, als wäre sie an seinem Körper gebügelt worden. Seine schwarzen Stiefel blitzten immer, und seine strohblonden Haare waren an der Seite gescheitelt und wurden von etwas in Form gehalten, das alle Kammspuren vortreten ließ – wie die Furchen bei einem frisch bestellten Feld. Außerdem trug er so viel Kölnischwasser, dass man ihn schon aus einiger Entfernung riechen konnte. Bruno hatte sich angewöhnt, nie in Windrichtung vor ihm zu stehen, weil er sonst riskierte, in Ohnmacht zu fallen.

An jenem Tag jedoch war er, da es ein Samstagmorgen und sehr sonnig war, nicht so perfekt geschniegelt. Vielmehr trug er ein weißes Unterhemd über der Hose, und sein Haar hing ihm schlaff in die Stirn. Seine Arme waren erstaunlich braun und er hatte Muskeln, wie Bruno sie auch gern gehabt hätte. Er sah viel jünger aus als sonst, stellte Bruno erstaunt fest, ja, er erinnerte ihn sogar an die älteren Jungen in der Schule, um die er immer einen großen Bogen machte. Oberleutnant Kotler war in die Unterhaltung mit Gretel vertieft und hatte vermutlich gerade etwas sehr Lustiges gesagt, denn sie lachte laut und wickelte ihr Haar in Ringellocken um die Finger.

»Hallo«, sagte Bruno im Nähertreten, und Gretel sah ihn gereizt an.

»Was willst *du* denn?«, fragte sie.

»Ich *will* gar nichts«, fauchte Bruno und funkelte sie böse an. »Ich wollte nur hallo sagen.«

»Sie müssen meinen jüngeren Bruder entschuldigen, Kurt«, sagte Gretel zu Oberleutnant Kotler. »Er ist erst neun, wissen Sie.«

»Guten Morgen, kleiner Mann«, sagte Kotler, streckte die Hand aus und fuhr ihm durchs Haar, eine Geste, bei der Bruno ihn am liebsten zu Boden gestoßen hätte und auf seinem Kopf herumgetrampelt wäre. »Und was treibt dich so früh an einem Samstagmorgen um?«

»Früh ist es eigentlich nicht mehr«, sagte Bruno. »Es ist schon fast zehn.«

Oberleutnant Kotler zuckte die Schultern. »Als ich in deinem Alter war, hat mich meine Mutter nicht vorm Mittagessen aus dem Bett gekriegt. Sie sagte immer, ich würde nie groß und stark werden, wenn ich mein ganzes Leben verschlafe.«

»Damit lag sie aber ziemlich falsch, nicht?«, säuselte Gretel. Bruno schaute sie angewidert an. Sie redete in einem Ton, der sie wie eine Schwachsinnige klingen ließ. Bruno hätte die beiden am liebsten stehen gelassen und nichts von dem mitbekommen, worüber die beiden redeten, doch ihm blieb keine Wahl, er musste seine eigenen Interessen voranstellen und Oberleutnant Kotler um das Undenkbare bitten. Einen Gefallen.

»Ich dachte mir, ich könnte Sie vielleicht um einen Gefallen bitten«, sagte Bruno.

»Bitten kannst du«, sagte Oberleutnant Kotler, worauf Gretel wieder lachte, obwohl es nicht besonders lustig war.

»Ich wollte wissen, ob es hier irgendwo einen Ersatzreifen gibt«, fuhr Bruno fort. »Vielleicht von einem Auto. Oder einem Lastwagen. Einer, der nicht mehr gebraucht wird.«

»Der einzige Ersatzreifen, den ich in letzter Zeit zu Gesicht bekommen habe, gehört Feldwebel Hoffschneider, und der trägt ihn um seine Taille«, sagte Oberleutnant Kotler, und seine Lippen verzogen sich zu etwas Ähnlichem wie einem Lächeln. Für Bruno ergab das überhaupt keinen Sinn, doch Gretel fand das so amüsant, dass sie förmlich auf der Stelle zu tanzen schien.

»Und benutzt er ihn?«, fragte Bruno.

»Feldwebel Hoffschneider?«, fragte Oberleutnant Kotler. »Ja, ich fürchte schon. Er hängt sehr an seinem Ersatzreifen.«

»Hören Sie auf, Kurt«, sagte Gretel und trocknete ihre Augen ab. »Er versteht Sie nicht. Er ist erst neun.«

»Ach, sei du doch still«, rief Bruno und schaute seine Schwester verärgert an. Es war schon schlimm genug, dass er herauskommen und Oberleutnant Kotler um einen Gefallen bitten musste, aber dass ihn seine eigene Schwester dabei ständig triezte, machte alles noch schlimmer. »Und überhaupt bist du erst zwölf«, setzte er hinzu. »Hör also auf so zu tun, als ob du älter wärst.«

»Ich bin fast dreizehn, Kurt«, fauchte sie. Jetzt war ihr das Lachen vergangen, und ihr

Gesicht war vor Schreck erstarrt. »In ein paar Wochen bin ich dreizehn. Eine Jugendliche genau wie Sie.«

Oberleutnant Kotler lächelte und nickte, sagte aber nichts. Bruno starrte ihn an. Bei jedem anderen Erwachsenen, der vor ihm gestanden hätte, hätte er die Augen verdreht, um anzudeuten, dass sie beide wussten, wie albern Mädchen und wie ganz und gar lächerlich Schwestern waren. Aber dies war nicht jeder andere Erwachsene. Dies war Oberleutnant Kotler.

»Wie auch immer«, sagte Bruno und ignorierte den bösen Blick, den Gretel ihm zuwarf, »könnte ich sonst noch irgendwo einen Ersatzreifen finden?«

»Natürlich«, sagte Oberleutnant Kotler, der jetzt nicht mehr lächelte und von der ganzen Sache plötzlich gelangweilt schien. »Aber wozu willst du ihn eigentlich?«

»Ich wollte mir eine Schaukel bauen«, sagte Bruno. »Sie wissen schon, mit einem Reifen und an Baumästen befestigten Seilen.«

»Stimmt«, sagte Oberleutnant Kotler und nickte weise, als wären solche Dinge für ihn jetzt Erinnerungen aus fernen Tagen, obwohl er, wie Gretel betont hatte, selbst noch ein Jugendlicher war. »Ja, als Kind habe ich oft Schaukeln gebaut. Meine Freunde und ich haben viele glückliche Nachmittage zusammen verbracht und auf ihnen gespielt.«

Bruno staunte, dass er etwas mit dem Soldaten gemein hatte (und dass Oberleutnant Kotler jemals Freunde gehabt hatte, überraschte ihn noch mehr). »Was meinen Sie?«, fragte er. »Gibt es irgendwo einen?«

Oberleutnant Kotler starrte ihn an und schien sich die Sache durch den Kopf gehen zu lassen, als wüsste er nicht so recht, ob er ihm eine klare Antwort geben oder ihn, wie schon die ganze Zeit, ein bisschen ärgern sollte. Dann entdeckte er Pavel, den alten Mann, der jeden Nachmittag kam und in der Küche beim Gemüseputzen für das Abendessen half, bevor er sein weißes Jackett anzog und am Tisch servierte. Als Kotler den alten Mann aufs Haus zugehen sah, schien er zu wissen, was er wollte.

»He, du!«, schrie er und fügte dann ein Wort hinzu, das Bruno nicht verstand. »Komm mal her, du …« Wieder sagte er das Wort, und sein grober Tonfall ließ Bruno zur Seite blicken, und er schämte sich, an der Szene beteiligt zu sein.

Pavel kam auf sie zu, und Kotler redete ihn frech an, obwohl er vom Alter her sein Enkel hätte sein können. »Bring diesen kleinen Mann zum Lagerschuppen hinter dem Haupthaus. Dort sind an einer Seitenwand alte Reifen aufgereiht. Er sucht sich einen aus, und du trägst ihn dahin, wo er ihn haben will, ist das klar?«

Pavel hielt seine Kappe vor sich in den Händen und nickte, wodurch sich sein Kopf noch tiefer neigte, als er es ohnehin schon war. »Ja, Herr«, sagte er leise, so leise, dass es kaum zu hören war.

»Und wenn du hinterher in die Küche gehst, wäschst du dir die Hände, bevor du das Essen anrührst, du dreckiger …«, Oberleutnant Kotler wiederholte das Wort, das er schon zweimal benutzt hatte, und beim Sprechen spuckte er ein bisschen. Bruno sah kurz zu Gretel hin, die bisher die Sonnenreflexe auf Oberleutnant Kotlers blondem Haar bewundert hatte, jetzt aber wie ihr Bruder leicht beklommen dreinblickte. Keiner von ihnen hatte jemals richtig mit Pavel gesprochen, aber er war ein sehr guter Kellner, und die wuchsen, laut Vater, nicht gerade auf Bäumen.

»Dann geh jetzt los«, sagte Oberleutnant Kotler, und Pavel drehte sich um und schlug den Weg zum Lagerschuppen ein, gefolgt von Bruno, der sich gelegentlich zu seiner Schwester und dem jungen Soldaten umdrehte und dabei das große Bedürfnis verspürte, zurückzugehen und Gretel wegzuziehen, und das, obwohl sie meistens nervig, ichbezogen und gemein zu ihm war. Das war schließlich ihre Aufgabe. Sie war seine Schwester. Aber ihm missfiel die Vorstellung, sie allein bei einem Mann wie Oberleutnant Kotler zurückzulassen. Man konnte es wirklich nicht anders ausdrücken: Er war schlicht und ergreifend widerlich.

Der Unfall ereignete sich ein paar Stunden später. Bruno hatte einen passenden Reifen entdeckt, den Pavel zu der großen Eiche auf Gretels Hausseite schleppte, und dann war Bruno mehrmals den Stamm hinauf- und heruntergeklettert, um die Seile sicher an Ästen und Reifen zu befestigen. Bis dahin war die Angelegenheit ein durchschlagender Erfolg gewesen. Bruno hatte schon einmal eine Schaukel gebaut, aber damals hatten ihm Karl, Daniel und Martin geholfen. Diesmal musste er alles allein machen, und das erschwerte die Sache erheblich. Trotzdem schaffte er es irgendwie, und ein paar Stunden später lag er glücklich in der Mitte des Reifens, schwang ohne die geringste Sorge vor und zurück und ignorierte die Tatsache, dass es eine der unbequemsten Schaukeln war, auf der er jemals im Leben gesessen hatte.

Er lag flach auf dem Reifen und gab sich mit den Füßen ordentlich Anschwung. Sobald der Reifen rückwärts schwang, stieg er in die Luft und verfehlte mit knapper Not den Baumstamm, kam aber doch nahe genug, dass Bruno sich beim nächsten Schwung mit den Füßen noch schneller und höher abstoßen konnte. Das ging so lange gut, bis er leicht den Halt am Reifen verlor, gerade als er gegen den Baum trat, und ehe er sich's versah, hing sein Körper innen und er fiel nach unten, wobei ein Fuß noch im Randkranz steckte, während er mit dem Gesicht auf den Boden schlug.

Alles wurde kurz schwarz und dann wieder scharf. Bruno setzte sich auf, gerade als der Reifen zurückschwang und ihn am Kopf traf, worauf er kurz aufquiekte und der Schaukel auswich. Als er aufstand, merkte er, dass ihm der Arm und das Bein, auf die er hart gefallen war, sehr wehtaten, aber sie waren nicht gebrochen, so stark war der Schmerz nicht. Er untersuchte seine Hand, die von Kratzern übersät war, und als er seinen Ellbogen begutachtete, entdeckte er einen üblen Schnitt. Aber sein Knie fühlte sich schlimm an, und als er es begutachtete, war da genau dort, wo seine kurze Hose endete, eine breite klaffende Wunde, die offenbar nur darauf gewartet hatte, dass er sie betrachtete, denn sobald er ihr seine ganze Aufmerksamkeit widmete, fing sie ziemlich stark zu bluten an.

»Oje«, sagte Bruno laut, starrte die Wunde an und überlegte, was er als Nächstes tun sollte. Aber er musste nicht lange überlegen, denn die Schaukel, die er gebaut hatte, lag auf derselben Hausseite wie die Küche, und Pavel, der ihm beim Suchen des Reifens geholfen hatte, stand am Fenster und schälte gerade Kartoffeln, als der Unfall passierte. Als Bruno wieder aufblickte, sah er Pavel rasch auf sich zukommen, und erst als er bei ihm war, wagte er es, dem duseligen Gefühl nachzugeben, das ihn umfing. Er taumelte leicht, fiel aber nicht zu Boden, weil Pavel ihn auffing.

»Ich weiß nicht, was passiert ist«, sagte er. »Eigentlich war es gar nicht gefährlich.«

»Du warst zu hoch«, sagte Pavel mit leiser Stimme, die Bruno sofort ein Gefühl der Sicherheit vermittelte. »Ich konnte es sehen. Ich dachte mir schon, dass jeden Moment etwas passiert.«

»Und es ist passiert.«

»Das kann man wohl sagen.«

Pavel trug ihn über den Rasen zum Haus zurück, brachte ihn in die Küche und setzte ihn auf einen Holzstuhl.

»Wo ist Mutter?«, fragte Bruno und sah sich nach dem Menschen um, den er normalerweise zuerst suchte, wenn er einen Unfall hatte.

»Deine Mutter ist noch nicht zurück, tut mir leid«, sagte Pavel, der vor ihm auf dem Boden kniete und das Knie untersuchte. »Ich bin der Einzige, der hier ist.«

»Und was passiert jetzt?«, fragte Bruno, der es langsam mit der Angst bekam, eine Gefühlsregung, die leicht zu Tränen führte. »Ich könnte verbluten.«

Pavel lachte leise und schüttelte den Kopf. »Du verblutest schon nicht«, sagte er und zog einen Hocker heran, auf den er Brunos Bein legte. »Bleib einen Moment still sitzen. Dort drüben ist ein Erste-Hilfe-Kasten.«

Bruno sah zu, wie Pavel durch die Küche ging, den grünen Erste-Hilfe-Kasten aus dem Schrank holte und eine kleine Schüssel mit Wasser füllte, das er zuerst mit dem Finger testete, um sicherzustellen, dass es nicht zu kalt war.

»Muss ich ins Krankenhaus?«, fragte Bruno.

»Aber nein«, sagte Pavel und kniete sich wieder hin. Er tauchte ein trockenes Tuch in die Schüssel und tupfte es sanft auf das verletzte Knie, worauf Bruno schmerzvoll das Gesicht verzog, obwohl es eigentlich gar nicht so weh-tat. »Ist nur ein kleiner Schnitt. Der muss nicht einmal genäht werden.«

Bruno runzelte die Stirn und biss sich nervös auf die Lippe, während Pavel die Wunde reinig-te und anschließend ein anderes Tuch ein paar Minuten ziemlich fest auf das Knie drückte. Als er es vorsichtig wegnahm, war die Blutung ge-stillt, und er holte ein Fläschchen mit grüner Flüssigkeit aus dem Erste-Hilfe-Kasten und betupfte damit die Wunde, die ziemlich heftig brannte und Bruno mehrmals schnell hinter-einander »aua« sagen ließ.

»Ist doch nicht so schlimm«, sagte Pavel, aber leise und freundlich. »Du machst es nur schlimmer, wenn du denkst, dass es schmerz-hafter ist als in Wirklichkeit.«

Irgendwie leuchtete das Bruno ein und er widerstand dem Bedürfnis, *aua* zu sagen. Als Pavel mit dem Auftragen der grünen Flüssig-keit fertig war, nahm er ein Stück Mull aus dem Erste-Hilfe-Kasten und klebte es mit Pflaster auf den Schnitt.

»So!«, sagte er. »Schon besser, wie?«

Bruno nickte und schämte sich ein bisschen, weil er sich nicht so mutig verhalten hatte, wie er es sich gewünscht hätte. »Danke«, sagte er.

»Gern geschehen«, sagte Pavel. »Jetzt musst du noch ein paar Minuten sitzen bleiben, bevor du wieder herumläufst, in Ordnung? Die Wunde muss sich erholen. Und geh heute nicht mehr in die Nähe dieser Schaukel.«

Bruno nickte und ließ sein Bein ausgestreckt auf dem Hocker liegen, während Pavel zur Spüle ging, um sich die Hände sorgfältig zu waschen, er scheuerte sogar mit einer Drahtbürste unter den Fingernägeln, bevor er sie abtrocknete und zu den Kartoffeln zurückkehrte.

»Erzählst du Mutter, was passiert ist?«, fragte Bruno, dem seit einigen Minuten die Frage durch den Kopf ging, ob man ihn als Held sehen würde, der einen Unfall erlitten, oder als einen Gauner, der eine Todesfalle gebaut hatte.

»Ich denke, das sieht sie selbst«, sagte Pavel, der jetzt mit den Karotten zum Tisch kam, sich Bruno gegenübersetzte und anfing, sie auf einer alten Zeitung zu schälen.

»Ja, wahrscheinlich«, sagte Bruno. »Vielleicht will sie mit mir zum Arzt gehen.«

»Das glaube ich nicht«, entgegnete Pavel leise.

»Man kann nie wissen«, sagte Bruno, denn er wollte nicht, dass sein Unfall allzu leichtfertig heruntergespielt wurde. (Immerhin war er so ziemlich das Aufregendste, was ihm seit seiner Ankunft hier widerfahren war.) »Es könnte schlimmer sein, als es aussieht.«

»Ach was«, sagte Pavel, der Bruno kaum zuzuhören schien, so sehr beanspruchten die Karotten seine Aufmerksamkeit.

»Woher willst du das wissen?«, fragte Bruno schnell, denn obwohl dies der gleiche Mann war, der ihn draußen vom Boden aufgehoben, ihn hereingebracht und sich um ihn gekümmert hatte, ärgerte er sich langsam über ihn. »Du bist doch kein Arzt.«

Pavel unterbrach kurz das Karottenschälen und schaute über den Tisch zu Bruno; er hielt den Kopf gesenkt, aber die Augen blickten nach oben, so als würde er über eine Antwort nachdenken. Dann seufzte er und überlegte noch eine Weile, ehe er sagte: »Doch, das bin ich.«

Bruno starrte ihn verwundert an, denn für ihn ergab das keinen Sinn. »Aber du bist doch Kellner«, sagte er langsam. »Und du putzt Gemüse für das Abendessen. Wie kannst du dann ein Arzt sein?«

»Junger Mann«, sagte Pavel (und Bruno rechnete es ihm hoch an, dass er die Höflichkeit besaß, ihn *junger Mann* zu nennen und nicht *kleiner Mann* wie Oberleutnant Kotler), »ich bin wirklich Arzt. Du musst wissen, wenn ein Mensch nachts in den Himmel schaut, heißt das noch lange nicht, dass er Astronom ist.«

Bruno hatte keinen Schimmer, was Pavel meinte, aber etwas an der Bemerkung des alten Mannes führte dazu, dass er ihn zum ersten Mal genauer ansah. Pavel war ziemlich klein, auch sehr dünn, mit langen Fingern und kantigen Zügen. Er war älter als Vater, aber jünger als Großvater, was dennoch hieß, dass er ziemlich alt war, und obwohl Bruno ihn vor seiner Ankunft hier in Aus-Wisch nie zu Gesicht bekommen hatte, verriet ihm etwas an seinem Gesicht, dass er früher einen Bart getragen hatte.

Und jetzt nicht mehr.

»Das verstehe ich nicht«, sagte Bruno, denn er wollte der Sache auf den Grund gehen. »Wenn du Arzt bist, warum servierst du dann das Essen? Warum arbeitest du nicht irgendwo in einem Krankenhaus?«

Pavel zögerte eine ganze Weile, bevor er antwortete, und währenddessen schwieg Bruno. Er wusste nicht genau warum, aber er hielt es für ein Gebot der Höflichkeit zu warten, bis Pavel zu einer Antwort bereit war.

»Bevor ich hierher kam, hatte ich eine Arztpraxis«, sagte er schließlich.

»Arztpraxis?«, fragte Bruno, dem das Wort nicht geläufig war. »Dann warst du also nicht gut?«

Pavel lächelte. »Ich war sehr gut«, sagte er. »Du musst wissen, ich wollte immer Arzt werden. Seit ich ein kleiner Junge war. Seit ich so alt war wie du.«

»Ich will Forscher werden«, sagte Bruno schnell.

»Dann wünsche ich dir Glück«, sagte Pavel.

»Danke.«

»Hast du schon etwas entdeckt?«

»In unserem Haus in Berlin gab es viel zu erforschen«, entsann sich Bruno. »Aber es war auch ein sehr großes Haus, größer als du dir vermutlich vorstellen kannst, deshalb gab es viele Ecken und Winkel zu erforschen. Hier ist das anders.«

»Hier ist alles anders«, stimmte Pavel zu.

»Wann bist du in Aus-Wisch angekommen?«, fragte Bruno.

Pavel legte die Karotte und den Schäler kurz hin und dachte nach. »Ich glaube, ich war schon immer hier«, sagte er schließlich leise.

»Du bist hier aufgewachsen?«

»Nein«, sagte Pavel und schüttelte den Kopf. »Nein, das nicht.«

»Aber eben hast du gesagt …«

Bevor er fortfahren konnte, meldete sich Mutters Stimme von draußen. Kaum hörte er sie, sprang Pavel blitzschnell von seinem Platz auf und ging mit den Karotten und dem Schäler samt der Zeitung mit den Schalen zur Spüle zurück, kehrte Bruno den Rücken zu, senkte den Kopf und sagte nichts mehr.

»Was ist denn mit dir passiert?«, fragte Mutter, als sie in der Küche erschien. Sie beugte sich vor und untersuchte das Pflaster auf Brunos Schnittwunde.

»Ich habe eine Schaukel gebaut, und dann bin ich runtergefallen«, erklärte Bruno. »Und dann hat mich die Schaukel am Kopf getroffen, und ich wäre fast in Ohnmacht gefallen, aber Pavel kam raus und hat mich reingebracht und alles sauber gemacht und mir einen Verband angelegt, und es hat ganz schlimm gebrannt, aber ich habe nicht geweint. Nicht ein einziges Mal, stimmt's, Pavel?«

Pavel wandte sich ihnen leicht zu, hob aber nicht den Kopf. »Die Wunde ist gereinigt«, sagte er leise, ohne auf Brunos Frage einzugehen. »Es besteht kein Grund zur Sorge.«

»Geh in dein Zimmer, Bruno«, sagte Mutter, die jetzt höchst verunsichert aussah.

»Aber ich …«

»Keine Widerrede – geh in dein Zimmer!«, wiederholte sie, und Bruno rutschte vom Stuhl, verlagerte das Gewicht auf sein, wie er es nennen wollte, böses Bein, und es tat ein bisschen weh. Er drehte sich um und ging aus dem Zimmer, hörte aber noch auf dem Weg zur Treppe, wie Mutter sich bei Pavel bedankte, und das freute Bruno, weil bestimmt allen einleuchtete, dass er ohne Pavel verblutet wäre.

Er hörte noch etwas, bevor er nach oben ging, und zwar den letzten Satz, den sie zu dem Kellner sagte, der angeblich Arzt war.

»Wenn der Kommandant fragt, sagen wir, ich habe Bruno verarztet.«

Bruno fand es sehr eigennützig von Mutter, dass sie den Verdienst für etwas einstrich, was sie gar nicht getan hatte.

Kapitel acht

WARUM GROSSMUTTER HINAUSSTÜRMTE

Die beiden Menschen, die Bruno am meisten
fehlten, waren Großvater und Großmutter. Sie
lebten zusammen in einer kleinen Wohnung in
der Nähe der Obst- und Gemüsestände, und um
die Zeit, als Bruno nach Aus-Wisch zog, war
Großvater fast dreiundsiebzig Jahre alt, was ihn
in Brunos Augen zum ältesten Mann der Welt
machte. Eines Nachmittags hatte Bruno aus-
gerechnet, dass er, wenn er sein gesamtes Leben
acht Mal hintereinander leben würde, immer
noch ein Jahr jünger wäre als Großvater.

Großvater hatte sein Leben lang ein Restau-
rant in der Stadtmitte geführt, und einer seiner
Angestellten war der Vater von Brunos Freund
Martin, der dort als Koch arbeitete. Obwohl
Großvater längst nicht mehr selbst in dem
Restaurant kochte und an Tischen bediente,
verbrachte er die meiste Zeit dort, saß nach-

mittags an der Bar und unterhielt sich mit den Gästen, nahm dort sein Abendessen ein, lachte mit seinen Freunden und blieb, bis geschlossen wurde.

Großmutter wirkte nie alt im Vergleich mit den Großmüttern anderer Jungen. Genau genommen war Bruno sogar ziemlich erstaunt, als er erfuhr, wie alt sie wirklich war: zweiundsechzig. Sie hatte Großvater als junge Frau nach einem ihrer Konzerte kennengelernt, und irgendwie hatte er sie überredet, ihn trotz seiner vielen Fehler zu heiraten. Sie hatte langes rotes Haar, das dem ihrer Schwiegertochter verblüffend ähnlich sah, dazu grüne Augen, und das lag, wie sie immer behauptete, an dem irischen Blut, das es irgendwo in ihrer Familie gab. Bruno wusste immer, wann eine Familienfeier in vollem Gange war, weil Großmutter dann nämlich am Klavier stand, bis sich jemand an die Tasten setzte und sie bat zu singen.

»Was denn?«, rief sie dann meistens und hielt eine Hand an die Brust, als verschlage ihr allein schon der Gedanke daran den Atem. »Ein Lied soll ich singen? Das kann ich nicht. Ich habe Angst, junger Mann, meine Zeit als Sängerin liegt weit hinter mir.«

»Sing doch bitte! Komm schon!«, riefen alle

auf der Feier, und nach einer angemessenen Pause, die manchmal zehn bis zwölf Sekunden dauerte, gab sie schließlich nach, wandte sich gut gelaunt dem jungen Mann am Klavier zu und sagte schnell:

»*La Vie en Rose,* Es-Moll. Und versuche bitte, die Wechsel hinzukriegen.«

Die Feste in Brunos Haus wurden immer von Großmutters Gesang beherrscht, der aus irgendeinem Grund stets mit dem Augenblick zusammenfiel, wenn Mutter den Brennpunkt der Feier verließ und, gefolgt von einigen ihrer Freundinnen, in die Küche ging. Vater blieb dann und hörte zu, genau wie Bruno, für den es nichts Schöneres gab, als Großmutter mit ihrer vollen Stimme zu hören und zu sehen, wie sie am Ende den Beifall der Gäste aufsog. Außerdem verspürte er bei *La Vie en Rose* immer einen Schauer, bei dem sich ihm die Härchen im Nacken sträubten.

Großmutter stellte sich gern vor, dass Bruno und Gretel wie sie irgendwann zur Bühne gingen, und dachte sich an jedem Weihnachten und zu jedem Geburtstagsfest ein kleines Stück aus, das sie mit den Kindern für Mutter, Vater und Großvater aufführte. Sie schrieb die Stücke selbst und gab sich Brunos Ansicht nach meistens selbst die besten Zeilen, obwohl ihn das nicht sonderlich störte. Meistens kam an irgendeiner Stelle auch ein Lied, wobei sie immer erst fragte: *Wollt ihr vielleicht ein Lied?* Außerdem gab es jedes Mal eine Stelle, an der Bruno einen Zaubertrick vorführen und Gretel eine Tanzeinlage geben konnte. Am Ende des Stücks rezitierte Bruno ein langes Gedicht von einem der großen Dichter, dessen Inhalt er kaum verstand, aber je öfter er die Wörter las, umso schöner klangen sie ihm in den Ohren.

Aber das war noch lange nicht das Beste an diesen kleinen Aufführungen. Das Beste waren die Kostüme, die Großmutter für Bruno und Gretel machte. Egal welche Rolle er spielte und egal wie wenig Text er im Vergleich zu seiner Schwester oder Großmutter zu sagen hatte, Bruno wurde immer als Prinz verkleidet oder als arabischer Scheich und einmal sogar als römischer Gladiator. Es gab Kronen, und wenn es keine Kronen gab, dann Speere. Und wenn es keine Speere gab, dann Peitschen oder Turbane. Keiner wusste, was Großmutter sich als Nächstes ausdachte, aber eine Woche vor Weihnachten mussten Bruno und Gretel jeden Tag zu ihr zum Proben kommen.

Leider hatte das letzte von ihnen aufgeführte

Stück mit einer Katastrophe geendet, und Bruno erinnerte sich noch traurig daran, auch wenn er nicht genau wusste, was den Streit eigentlich ausgelöst hatte.

Ungefähr eine Woche vorher hatte große Aufregung im Haus geherrscht, die damit zusammenhing, dass Vater jetzt von Maria, Koch und dem Diener Lars mit *Kommandant* angesprochen werden musste, ebenso von den vielen Soldaten, die im Haus ein- und ausgingen und sich darin bewegten, als gehörte es ihnen und nicht ihm. Wochenlang hatte nichts als Aufregung geherrscht. Erst waren der Furor und die schöne blonde Frau zum Abendessen gekommen, was den ganzen Haushalt zum Erliegen gebracht hatte, und dann kam die neue Sache, dass Vater mit *Kommandant* angesprochen werden sollte. Mutter hatte Bruno aufgefordert, Vater zu gratulieren, und er hatte ihr gehorcht, obwohl er, wenn er ehrlich zu sich war (und das versuchte er immer zu sein), nicht so recht wusste, wozu er ihm eigentlich gratulierte.

Am ersten Weihnachtstag trug Vater die nagelneue gestärkte und gebügelte Uniform, die er jetzt jeden Tag trug, und die ganze Familie klatschte, als er sich zum ersten Mal darin zeigte. Sie war wirklich etwas Besonderes. Gemessen an den anderen Soldaten, die im Haus ein- und ausgingen, stach er heraus, und seit er sie trug, schienen sie ihn umso mehr zu respektieren. Mutter lief zu ihm, küsste ihn auf die Wange, fuhr mit der Hand vorn über die Jacke und ließ sich darüber aus, wie gut der Stoff ihrer Ansicht nach war. Bruno beeindruckten vor allem die vielen Verzierungen auf der Uniform, und man erlaubte ihm sogar, die Mütze kurz zu tragen, vorausgesetzt seine Hände waren sauber, wenn er sie aufsetzte.

Großvater war sehr stolz auf seinen Sohn, als er ihn in der neuen Uniform sah, aber Großmutter gab sich unbeeindruckt – als Einzige. Nachdem die Familie gegessen hatte und sie, Gretel und Bruno ihre neueste Produktion vorgeführt hatten, setzte sie sich traurig in einen der Lehnstühle und musterte Vater, dann schüttelte sie den Kopf, als hätte er sie sehr enttäuscht.

»Ich weiß nicht – habe ich an dem Punkt vielleicht einen Fehler bei dir gemacht, Ralf?«, sagte sie. »Ich frage mich, ob dich die vielen Auftritte, zu denen ich dich als Junge gedrängt habe, so weit gebracht haben. Dass du dich anziehst wie eine Marionette.«

»Aber Mutter«, sagte Vater mild. »Du weißt, dafür ist jetzt nicht der richtige Zeitpunkt.«

»Du stehst da in deiner Uniform«, fuhr sie fort, »als würde sie dich zu etwas Besonderem machen. Offenbar kümmert es dich gar nicht, was sie eigentlich bedeutet. Wofür sie steht.«

»Nathalie, wir haben es vorher besprochen«, sagte Großvater, auch wenn jeder wusste, dass Großmutter, wenn sie etwas sagen wollte, immer einen Weg fand, es zu sagen, ganz gleich, wie unbeliebt sie sich damit machte.

»*Du* hast es besprochen, Matthias«, sagte Großmutter. »Ich war bloß die leere Wand, an die du deine Worte gerichtet hast. Wie immer.«

»Das ist eine Feier, Mutter«, sagte Vater seufzend. »Und es ist Weihnachten. Verderben wir uns nicht alles.«

»Ich weiß noch, als der Erste Weltkrieg begann«, sagte Großvater stolz, starrte ins Feuer und schüttelte den Kopf. »Ich weiß noch, wie du nach Hause gekommen bist und uns erzählt hast, dass du dich als Soldat gemeldet hast, und ich sicher war, dass dir etwas passiert.«

»Ihm ist auch was passiert, Matthias«, beharrte Großmutter. »Sieh ihn dir doch an.«

»Und jetzt, ich kann es kaum glauben«, fuhr Großvater fort und ignorierte sie. »Ich bin so stolz, dass man dir eine so verantwortungsvolle Position anvertraut. Du hilfst deinem Land, seinen Stolz zurückzugewinnen, nachdem man ihm dieses große Unrecht zugefügt hat. Die Strafen ...«

»Ach, wenn du dich hören könntest!«, rief Großmutter. »Ich frage mich, wer von euch eigentlich der Dümmere ist.«

»Aber Nathalie«, sagte Mutter, darum bemüht, die Lage ein wenig zu entschärfen. »Findest du nicht, dass Ralf in seiner neuen Uniform sehr adrett aussieht?«

»*Adrett?*«, fragte Großmutter, neigte sich vor und sah ihre Schwiegertochter an, als hätte sie den Verstand verloren. »*Adrett* sagst du? Du albernes Ding! Ist das in deinen Augen wichtig für die Welt? Dass dein Mann adrett aussieht?«

»Seh ich auch adrett aus in meinem Zirkusdirektorkostüm?«, fragte Bruno, denn das hatte er bei der Feier an jenem Abend getragen – den rotschwarzen Anzug eines Zirkusdirektors, in dem er sich sehr stolz gefühlt hatte. Aber sobald er den Mund aufmachte, bereute er es auch schon, denn alle Erwachsenen schauten zu ihm und Gretel, als hätten sie die Anwesenheit der beiden völlig vergessen.

»Kinder, nach oben mit euch«, sagte Mutter ungeduldig. »Geht in eure Zimmer.«

»Aber wir wollen nicht«, protestierte Gretel. »Dürfen wir nicht hier unten spielen?«

»Nein, Kinder«, erwiderte sie unbeirrt. »Geht nach oben und schließt die Tür hinter euch.«

»Offenbar interessiert euch Soldaten nur das eine«, sagte Großmutter und überging die Kinder völlig. »Dass ihr in euren schönen Uniformen adrett ausseht. Ihr zieht euch fein an und dann erledigt ihr schreckliche, schmutzige Dinge. Ich schäme mich. Aber ich gebe mir die Schuld, Ralf, nicht dir.«

»Kinder, geht jetzt nach oben!«, sagte Mutter. Sie klatschte in die Hände, und diesmal blieb ihnen nichts anderes übrig, als aufzustehen und ihr zu gehorchen.

Doch statt gleich in ihr Zimmer zu gehen, schlossen sie die Tür, setzten sich oben auf die Treppe und versuchten mitzuhören, was die Erwachsenen unten sagten. Die Stimmen ihrer Eltern klangen gedämpft und waren schwer zu verstehen, die von Großvater gar nicht zu hören, während die von Großmutter überraschend scharf klang. Nach ein paar Minuten wurde schließlich die Tür aufgerissen, worauf Gretel und Bruno die Treppe hochflitzten, während Großmutter ihren Mantel von der Garderobe im Flur holte.

»Ich schäme mich!«, rief sie, bevor sie ging. »Mein eigener Sohn ist ein ...«

»Ein Patriot«, rief Vater, der vielleicht nie die Regel gelernt hatte, dass man seine Mutter nicht unterbricht.

»Ein Patriot, keine Frage!«, schrie sie. »Man muss sich nur ansehen, wen du in deinem Haus zum Essen empfängst. Da wird mir speiübel. Und wenn ich dich in dieser Uniform sehe, möchte ich mir am liebsten die Augen aus dem Kopf reißen!«, fügte sie an, dann stürmte sie aus dem Haus und knallte die Tür hinter sich zu.

Nach diesem Vorfall hatte Bruno seine Großmutter kaum noch gesehen, ja, er hatte nicht einmal die Gelegenheit gehabt, sich vor der Abreise nach Aus-Wisch von ihr zu verabschieden, aber sie fehlte ihm sehr, und er beschloss, ihr einen Brief zu schreiben.

An jenem Tag setzte er sich mit einem Stift und Papier hin und erzählte ihr, wie unglücklich er war und wie sehr er sich zurück nach Berlin sehnte. Er erzählte ihr von dem Haus und dem Garten und der Bank mit dem Schild, von dem hohen Zaun, den hölzernen Telegraphenmasten, den Stacheldrahtballen und dem harten Boden dahinter, von den Baracken, den kleinen

Gebäuden, den Schornsteinen und Soldaten, vor allem aber erzählte er von den Menschen, die dort lebten, von ihren gestreiften Anzügen und Stoffmützen. Am Ende schrieb er, wie sehr sie ihm fehlte, und schloss seinen Brief mit den Worten *Dein Dich liebender Enkel, Bruno.*

Kapitel neun

BRUNO ERINNERT SICH,
WIE GERN ER FRÜHER GEFORSCHT HAT

Eine ganze Weile änderte sich nichts in Aus-Wisch.

Bruno musste sich weiterhin mit Gretels unfreundlichem Verhalten ihm gegenüber abfinden, wenn sie schlechte Laune hatte, und das kam ziemlich oft vor, weil sie ein hoffnungsloser Fall war.

Er sehnte sich weiterhin nach Berlin zurück, auch wenn die Erinnerungen an die Stadt allmählich verblassten. Und entgegen seinem Wunsch waren bald mehrere Wochen vergangen, seit er daran gedacht hatte, den Großeltern noch einen Brief zu schicken, geschweige denn, sich hinzusetzen und einen zu schreiben.

Die Soldaten kamen und gingen weiterhin jeden Tag und hielten Treffen in Vaters Büro ab, zu dem nach wie vor der Zutritt jederzeit und ausnahmslos verboten war. Oberleutnant

Kotler stolzierte immer noch in seinen schwarzen Stiefeln umher, als wäre er der wichtigste Mann auf der ganzen Welt, und wenn er nicht bei Vater war, stand er in der Auffahrt und unterhielt sich mit Gretel, die hysterisch lachte und ihr Haar um die Finger wickelte, oder er flüsterte allein mit Mutter in irgendwelchen Zimmern.

Die Dienstboten kamen nach wie vor und wuschen, fegten, kochten, putzten, servierten, räumten ab und hielten den Mund, außer sie wurden angesprochen. Maria räumte nach wie vor meistens Sachen weg und sorgte dafür, dass jedes Kleidungsstück, das Bruno gerade nicht trug, ordentlich zusammengelegt in seinem Schrank lag. Und Pavel kam nach wie vor jeden Nachmittag zum Kartoffel- und Karottenschälen ins Haus, zog dann sein weißes Jackett an und servierte das Abendessen am Tisch. (Manchmal sah Bruno, wie er einen Blick in Richtung seines Knies warf, wo eine winzige Narbe von dem Schaukelunfall zurückgeblieben war, doch sonst redeten sie nie miteinander.)

Und dann änderte sich alles. Vater beschloss, es sei an der Zeit, dass die Kinder wieder etwas lernten, und obwohl Bruno es lächerlich fand, Unterricht abzuhalten, wenn es nur zwei Schüler gab, waren sich Mutter und Vater einig, dass jeden Tag ein Lehrer ins Haus kommen und morgens und nachmittags unterrichten sollte. Ein paar Tage später ratterte morgens ein Mann namens Liszt auf seiner Klapperkiste die Einfahrt hoch, und es war wieder Zeit für Schule. Herr Liszt war Bruno ein Rätsel. Obwohl er meistens sehr freundlich war und nie die Hand gegen ihn hob wie sein alter Lehrer in Berlin, lag etwas in seinem Blick, was Bruno als Ärger deutete, der in ihm schwelte und nur darauf wartete, nach außen zu dringen.

Besonders gern mochte Herr Liszt Geschichte und Erdkunde, während Bruno Lesen und Kunst bevorzugte.

»Solche Sachen nützen dir nichts«, behauptete der Lehrer. »Solide Kenntnisse der Sozialwissenschaften sind in unserer Zeit weitaus wichtiger.«

»In Berlin hat uns Großmutter immer in Stücken auftreten lassen«, betonte Bruno.

»Aber deine Großmutter war nicht deine Lehrerin, oder?«, fragte Herr Liszt. »Sie war deine Großmutter. Und hier bin ich dein Lehrer, deswegen wirst du die Sachen lernen, die ich für wichtig befinde, und nicht nur das, was dir gefällt.«

»Aber sind Bücher denn nicht wichtig?«, fragte Bruno.

»Bücher über Dinge, die in der Welt zählen, sind durchaus wichtig«, erklärte Herr Liszt. »Aber keine Märchenbücher. Keine Bücher über Dinge, die nie geschehen sind. Was weißt du eigentlich über deine Geschichte, junger Mann?« (Man musste Herrn Liszt zugute halten, dass er Bruno mit *junger Mann* anredete, genau wie Pavel und anders als Oberleutnant Kotler.)

»Also ich weiß, dass ich am 15. April 1934 geboren bin ...«, sagte Bruno.

»Nicht deine Geschichte«, unterbrach ihn Herr Liszt. »Nicht deine persönliche Geschichte. Ich meine die Geschichte, die sich damit befasst, wer du bist, woher du kommst. Die Abstammung deiner Familie. Das Vaterland.«

Bruno runzelte die Stirn und überlegte. Er war sich nicht ganz sicher, ob Vater überhaupt Land besaß, denn das Haus in Berlin war zwar sehr groß und behaglich, aber der Garten drumherum war ziemlich klein. Und er war alt genug um zu wissen, dass Aus-Wisch ihnen nicht gehörte, obwohl es so groß war. »Nicht sehr viel«, gab er schließlich zu. »Dafür weiß ich ziemlich viel über das Mittelalter. Ich mag Geschichten von Rittern und Abenteurern und Forschern.«

Herr Liszt pfiff durch die Zähne und schüttelte ärgerlich den Kopf. »Dann wird sich das bald ändern«, sagte er unheilverkündend. »Ich werde deine Gedanken auf andere Pfade lenken und dir mehr über deine Herkunft beibringen. Über das große Unrecht, das man dir angetan hat.«

Bruno nickte und nahm die Bemerkung erfreut zur Kenntnis, denn er ging davon aus, man würde ihm endlich eine Erklärung dafür liefern, warum man die ganze Familie gezwungen hatte, ihr behagliches Heim zu verlassen, um an diesen grässlichen Ort zu ziehen, mit Sicherheit das größte Unrecht, das man ihm in seinem kurzen Leben zugefügt hatte.

Als Bruno ein paar Tage später allein in seinem Zimmer saß, dachte er an die vielen Dinge, die er so gern zu Hause gemacht hatte, seit seiner Ankunft in Aus-Wisch aber nicht mehr möglich waren. Das lag vor allem daran, weil er hier keine Freunde mehr zum Spielen hatte, und Gretel dachte nicht daran, sich mit ihm abzugeben. Aber es gab eine Sache, die er auch allein machen konnte und die schon in Berlin eine seiner Lieblingsbeschäftigungen war, nämlich Dinge erforschen.

»Als ich klein war«, sagte Bruno zu sich,

»habe ich gern geforscht. Das war in Berlin, wo ich mich gut auskannte und mit verbundenen Augen alles finden konnte, was ich wollte. Aber hier habe ich noch nichts erforscht. Vielleicht sollte ich langsam damit anfangen.«

Und noch ehe er es sich anders überlegen konnte, sprang er vom Bett und wühlte in seinem Schrank nach einem Mantel und einem alten Paar Stiefel, beides Sachen, die ein echter Forscher seiner Ansicht nach brauchte. Dann machte er sich fertig, um nach draußen zu gehen.

Es hatte keinen Sinn, im Inneren zu forschen. Schließlich war dieses Haus ganz anders als das alte in Berlin, in dem es Aberhunderte Ecken und Winkel gab und komische kleine Zimmer, ganz zu schweigen von den fünf Stockwerken, wenn man den Keller mitzählte und die kleine Dachkammer mit dem Fenster, vor dem er sich auf die Zehenspitzen stellen musste, wenn er durchsehen wollte. Nein, dieses Haus eignete sich ganz und gar nicht zum Forschen. Wenn überhaupt, dann musste er nach draußen.

Seit Monaten hatte Bruno von seinem Zimmerfenster auf den Garten und die Bank mit dem Schild gesehen, den hohen Zaun und die hölzernen Telegraphenmasten und die vielen anderen Dinge, von denen er Großmutter in seinem letzten Brief geschrieben hatte. Und obwohl er die vielen verschiedenen Menschen in ihren gestreiften Pyjamas oft beobachtet hatte, war ihm nie eingefallen zu fragen, was sich eigentlich hinter allem verbarg.

Man hätte meinen können, es handle sich um eine in sich geschlossene Stadt, in der Leute zusammen lebten und arbeiteten, eine Stadt, die neben dem Haus lag, in dem er wohnte. Aber waren die Leute wirklich so anders? Alle Bewohner in dem Lager trugen die gleichen Sachen, jene gestreiften Anzüge und die dazu passenden gestreiften Stoffmützen; und alle, die durch sein Haus gingen (ausgenommen Mutter, Gretel und er), trugen Uniformen von unterschiedlicher Qualität und Ausführung, dazu Mützen oder Helme und leuchtende rotschwarze Armbinden, und sie hatten Gewehre bei sich und sahen immer furchtbar streng aus, als wäre alles sehr wichtig, und das sollte bloß jedem klar sein.

Aber wo genau lag der Unterschied?, fragte er sich. Und wer entschied, welche Leute die gestreiften Anzüge und welche Leute die Uniformen trugen?

Natürlich vermischten sich die beiden Gruppen manchmal. Schon oft hatte er die Leute von seiner Seite des Zauns auf der anderen Seite des Zauns gesehen, und bei genauerem Hinsehen wurde deutlich, dass sie das Kommando führten. Sobald die Soldaten sich näherten, nahmen die Leute in den gestreiften Anzügen Habachtstellung an und fielen dann oft zu Boden, standen manchmal gar nicht mehr auf und mussten weggetragen werden.

Schon komisch, dass ich noch nie über diese Leute nachgedacht habe, überlegte Bruno. Und komisch ist auch, wenn man bedenkt, wie oft die Soldaten dort drüben sind – selbst Vater hatte er schon oft hinübergehen sehen –, dass von der anderen Seite des Zauns nie jemand ins Haus eingeladen wurde.

Manchmal – nicht sehr oft, aber manchmal – blieben ein paar Soldaten zum Abendessen, und dann wurden viele schaumige Getränke serviert. Sobald Gretel und Bruno die letzte Gabel in den Mund geschoben hatten, wurden sie auf ihre Zimmer geschickt, und anschließend wurde es unten sehr laut und alle grölten schreckliche Lieder. Vater und Mutter amüsierten sich offenbar köstlich in der Gesellschaft der Soldaten, das merkte Bruno. Aber sie luden nie einen von den Leuten in den gestreiften Anzügen ein.

Draußen ging Bruno um das Haus herum zur Rückseite und schaute zu seinem Zimmerfenster, das von unten betrachtet gar nicht mehr so hoch wirkte. Vermutlich konnte man herunterspringen, ohne sich sonderlich wehzutun, überlegte er, auch wenn er sich nicht vorstellen konnte, unter welchen Umständen er so etwas Idiotisches tun sollte. Vielleicht wenn das Haus brennen würde und er drinnen eingeschlossen wäre, aber selbst dann wäre es riskant.

Bruno blickte nach rechts. Im Sonnenlicht schien sich der Zaun endlos zu erstrecken, und das freute ihn, denn das hieß, dass er nicht wusste, wohin der Zaun führte und er daran entlanggehen und es herausfinden konnte – genau darum ging es schließlich beim Forschen. (Herr Liszt hatte ihm eine gute Sache im Geschichtsunterricht beigebracht: Es gab Männer wie Christopher Columbus und Amerigo Vespucci, Männer mit so abenteuerlichen Geschichten und einem so interessanten Leben, dass Bruno sich in seinem Wunsch, später genauso zu werden wie sie, nur bestätigt fühlte.)

Bevor er jedoch in diese Richtung aufbrach, musste er noch etwas anderes untersuchen, nämlich die Bank. In all den Monaten hatte er sie gesehen, aus der Ferne das Schild betrachtet und sie nur *die Bank mit dem Schild* genannt, aber was darauf stand, wusste er immer noch nicht. Er blickte nach rechts und links, ob jemand kam, dann rannte er hin und las mit zusammengekniffenen Augen leise die Worte auf dem kleinen Bronzeschild.

»*Gestiftet anlässlich der Eröffnung des Lagers ...*« Er zögerte. »*... Aus-Wisch*«, fuhr er fort und stolperte wie immer über den Namen. »*Juni 1940.*«

Er streckte die Hand aus und berührte es kurz, doch das Metall war sehr kalt, und er zog schnell die Finger weg. Dann holte er tief Luft und trat seine Reise an. Bruno versuchte nicht daran zu denken, wie oft ihm Mutter und Vater gesagt hatten, dass er nicht in diese Richtung gehen, dass er sich weder dem Zaun noch dem Lager nähern dürfe und vor allem, dass jegliches Forschen in Aus-Wisch verboten war.

Ausnahmslos.

Kapitel zehn

DER PUNKT, DER EIN FLECK, DANN EIN KLACKS, DANN EIN SCHEMEN UND SCHLIESSLICH EIN JUNGE WURDE

Der Spaziergang am Zaun entlang dauerte viel länger, als Bruno erwartet hatte; er schien sich meilenweit zu erstrecken. Bruno ging und ging, und bei jedem Blick zurück wurde das Haus, in dem er lebte, ein bisschen kleiner, bis es ganz außer Sichtweite verschwand. In der ganzen Zeit sah er niemanden in der Nähe des Zauns. Er entdeckte auch keine Tore, durch die er hätte hineingehen können, und fürchtete allmählich schon, dass sein Forschen ein völliger Misserfolg werden könnte. Denn obwohl der Zaun ins Endlose zu führen schien, verschwanden die Baracken und Gebäude und Schornsteine hinter ihm in der Ferne, und der Zaun schien ihn nur noch von freiem Gelände zu trennen.

Nachdem er eine gute Stunde gelaufen war und langsam ein bisschen Hunger bekam, sagte er sich, dass er für einen Tag genug geforscht hatte und er vielleicht lieber umkehren sollte. Im selben Moment aber tauchte ein kleiner Punkt in der Ferne auf, und er kniff die Augen zusammen, um festzustellen, was das war. Bruno erinnerte sich an ein Buch, in dem sich ein Mann in der Wüste verirrt hatte, und nachdem er mehrere Tage ohne Nahrung und Wasser hatte auskommen müssen, bildete er sich ein, herrliche Restaurants und gewaltige Brunnen zu sehen, doch sobald er in ihnen essen oder aus ihnen trinken wollte, lösten sie sich in nichts auf, waren nur noch haufenweise Sand. Er überlegte, ob ihm jetzt dasselbe widerfuhr.

Doch noch während er das dachte, trugen ihn seine Füße Schritt für Schritt näher zu dem Punkt in der Ferne, der zwischenzeitlich ein Fleck geworden war und langsam alle Anzeichen aufwies, sich in einen Klacks zu verwandeln. Und kurz darauf wurde der Klacks ein Schemen. Und als Bruno noch näher kam, sah er, dass das Ding weder ein Punkt noch ein Fleck noch ein Klacks noch ein Schemen war, sondern ein Mensch.

Genau genommen war es ein Junge.

Aus den vielen Büchern, die Bruno über Forscher gelesen hatte, wusste er, dass man nie vorhersagen konnte, was man eventuell fand. Meistens stießen sie auf etwas Interessantes, das einfach da war, sich um seinen eigenen Kram kümmerte und nur darauf wartete, entdeckt zu werden (wie beispielsweise Amerika). Dann wieder entdeckten sie etwas, das man besser in Ruhe lassen sollte (wie eine tote Maus hinten im Schrank).

Der Junge gehörte in die erste Kategorie. Er saß einfach da, kümmerte sich um seinen eigenen Kram und wartete darauf, entdeckt zu werden.

Bruno ging langsamer, als er den Punkt sah, der ein Fleck, dann ein Klacks, dann ein Schemen und schließlich ein Junge wurde. Obwohl sie durch einen Zaun getrennt waren, war ihm klar, dass man bei Fremden nie wachsam genug sein konnte und man sich ihnen am besten immer vorsichtig näherte. Er lief also weiter, und wenig später sahen sie einander an.

»Hallo«, sagte Bruno.

»Hallo«, sagte der Junge.

Der Junge war kleiner als Bruno und saß mit verlorenem Gesichtsausdruck auf dem Boden. Er trug den gleichen gestreiften Anzug, den alle Leute auf jener Seite des Zauns trugen, und eine gestreifte Stoffmütze auf dem Kopf. Er hatte weder Schuhe noch Socken an, und seine Füße waren ziemlich schmutzig. Über dem Ellbogen trug er eine Armbinde mit einem Stern darauf.

Als Bruno sich dem Jungen näherte, saß er im Schneidersitz auf dem Boden und starrte den Staub unter sich an. Kurz darauf jedoch blickte er auf, und Bruno sah sein Gesicht. Und es war ein ziemlich seltsames Gesicht. Die Haut wirkte fast grau, aber es war ein Grau, wie Bruno es noch nie gesehen hatte. Die Augen waren sehr groß, ihre Farbe erinnerte an Karamellbonbons; das Weiße war sehr weiß, und als der Junge ihn anschaute, sah Bruno in ein Paar unsagbar traurige Augen.

Für Bruno stand fest, dass er noch nie einen dünneren oder traurigeren Jungen gesehen hatte, dachte sich aber, er sollte lieber mit ihm reden.

»Ich habe geforscht«, sagte er.

»Wirklich?«, erwiderte der Junge.

»Ja. Schon seit fast zwei Stunden.«

Das entsprach streng genommen nicht ganz der Wahrheit. Bruno hatte etwas über eine Stunde geforscht, aber er fand es nicht so schlimm, ein bisschen zu übertreiben. Übertreiben war nicht das Gleiche wie Lügen und es ließ ihn abenteuerlicher erscheinen, als er in Wirklichkeit war.

»Hast du was gefunden?«, fragte der Junge.

»Nicht sehr viel.«

»Gar nichts?«

»Doch, ich habe dich gefunden«, sagte Bruno nach einer Weile.

Er musterte den Jungen und überlegte, ob er ihn fragen sollte, warum er so traurig aussah, zögerte aber, weil es vielleicht unhöflich war. Er wusste, dass Leute manchmal nicht gern darüber redeten, weshalb sie traurig waren; manchmal erzählten sie von allein den Grund und hörten dann monatelang nicht mehr auf, darüber zu reden, aber in diesem Fall fand Bruno es ratsam, abzuwarten und nichts zu sagen. Er hatte etwas auf seiner Forschungsreise gefunden, und da er jetzt endlich jemanden von der anderen Seite des Zauns vor sich sah, hielt er es für das Beste, die Gelegenheit voll auszunutzen.

Er setzte sich auf seiner Seite des Zauns auf den Boden, kreuzte die Beine übereinander wie der kleine Junge und wünschte sich sehnlichst, er hätte Schokolade dabei oder ein Stück Gebäck, das sie teilen könnten.

»Ich wohne in dem Haus auf dieser Zaunseite«, sagte Bruno.

»Wirklich? Ich habe das Haus einmal von weitem gesehen, aber dich habe ich nicht entdeckt.«

»Mein Zimmer ist im ersten Stock«, sagte Bruno. »Ich kann von dort über den Zaun sehen. Übrigens, ich bin Bruno.«

»Ich bin Schmuel«, sagte der kleine Junge.

Bruno verzog das Gesicht, denn er war nicht sicher, ob er den kleinen Jungen richtig verstanden hatte. »Wie heißt du nochmal?«, fragte er.

»Schmuel«, sagte der kleine Junge, als wäre es die natürlichste Sache der Welt. »Und wie heißt *du* nochmal?«

»Bruno«, entgegnete Bruno.

»Den Namen habe ich noch nie gehört«, sagte Schmuel.

»Und ich habe deinen Namen noch nie gehört«, sagte Bruno. »Schmuel.« Er überlegte. »Schmuel«, wiederholte er. »Klingt schön, wenn man es ausspricht. Wie wenn der Wind weht.«

»Bruno«, sagte Schmuel und nickte zufrieden. »Ja, ich glaube, dein Name gefällt mir auch. Er klingt, als würde sich jemand die Arme reiben, um sich zu wärmen.«

»Mir ist noch nie jemand begegnet, der Schmuel heißt«, sagte Bruno.

»Auf dieser Zaunseite gibt es viele Schmuels«, sagte der kleine Junge. »Aberhunderte vermutlich. Ich hätte gern einen Namen, der nur mir gehört.«

»Mir ist noch niemand begegnet, der Bruno heißt«, sagte Bruno. »Außer mir natürlich. Könnte sein, dass ich der Einzige bin.«

»Dann hast du Glück«, sagte Schmuel.

»Schon möglich. Wie alt bist du?«, fragte Bruno.

Schmuel überlegte und senkte den Blick zu seinen Fingern, die in der Luft wackelten, als würde er rechnen. »Ich bin neun«, sagte er. »Mein Geburtstag ist der fünfzehnte April neunzehnhundertvierunddreißig.«

Bruno starrte ihn verblüfft an. »Was hast du gesagt?«, fragte er.

»Dass ich am fünfzehnten April neunzehnhundertvierunddreißig geboren bin.«

Bruno machte große Augen und sein Mund formte ein erstauntes O. »Das glaube ich nicht.«

»Warum nicht?«, fragte Schmuel.

»Nein«, sagte Bruno und schüttelte schnell den Kopf. »Ich meine nicht, dass ich *dir* nicht glaube. Ich meine, dass ich überrascht bin, mehr nicht. *Mein* Geburtstag ist nämlich auch am fünfzehnten April. Und ich bin neunzehnhundertvierunddreißig geboren. Wir sind am gleichen Tag geboren.«

Schmuel ließ sich das durch den Kopf gehen. »Dann bist du also auch neun«, sagte er.

»Ja. Ist das nicht komisch?«

»Sehr komisch«, sagte Schmuel. »Kann sein, dass es auf dieser Zaunseite vielleicht viele Schmuels gibt, aber ich glaube, mir ist noch nie jemand begegnet, der am gleichen Tag geboren ist wie ich.«

»Wir sind wie Zwillinge«, sagte Bruno.

»Ein bisschen«, stimmte Schmuel zu.

Plötzlich überkam Bruno ein großes Glücksgefühl. Er sah Karl und Daniel und Martin vor sich, seine drei besten Freunde, und er erinnerte sich, wie viel Spaß sie immer in Berlin gehabt hatten, und gleichzeitig wurde ihm bewusst, wie einsam er in Aus-Wisch war.

»Hast du viele Freunde?«, fragte Bruno und neigte den Kopf leicht zur Seite, während er auf die Antwort wartete.

»O ja«, sagte Schmuel. »Na ja, gewissermaßen.«

Bruno runzelte die Stirn. Er hatte gehofft, Schmuel würde vielleicht nein sagen, weil sie dann noch eine Gemeinsamkeit gehabt hätten. »*Enge* Freunde?«, fragte er.

»Nein, nicht sehr eng«, sagte Schmuel. »Aber auf dieser Zaunseite sind wir viele – Jungen in unserem Alter, meine ich. Allerdings streiten wir uns sehr oft. Deswegen komme ich hierher. Damit ich allein bin.«

»Wie ungerecht«, sagte Bruno. »Ich verstehe nicht, warum ich auf dieser Zaunseite bleiben muss, wo ich niemanden zum Reden und niemanden zum Spielen habe, und du hast viele Freunde und spielst wahrscheinlich jeden Tag stundenlang. Darüber muss ich mit Vater reden.«

»Woher kommst du eigentlich?«, fragte Schmuel, kniff die Augen zusammen und sah Bruno neugierig an.

»Aus Berlin.«

»Wo ist das?«

Bruno öffnete den Mund und wollte antworten, merkte aber, dass er sich nicht ganz sicher war. »In Deutschland natürlich«, sagte er. »Kommst du etwa nicht aus Deutschland?«

»Nein, ich komme aus Polen«, sagte Schmuel.

Bruno wirkte nachdenklich. »Und warum sprichst du dann Deutsch?«

»Weil du mich auf Deutsch begrüßt hast. Also

habe ich auf Deutsch geantwortet. Sprichst du Polnisch?«

»Nein«, sagte Bruno und lachte nervös. »Ich kenne keinen, der zwei Sprachen spricht. Schon gar nicht in unserem Alter.«

»Mama ist Lehrerin in meiner Schule, von ihr habe ich Deutsch gelernt«, erklärte Schmuel. »Sie spricht auch Französisch. Und Italienisch. Und Englisch. Sie ist sehr klug. Französisch und Italienisch kann ich noch nicht, aber eines Tages will sie mir Englisch beibringen, weil sie glaubt, ich könnte es brauchen.«

»Polen«, sagte Bruno nachdenklich und wägte das Wort auf der Zunge ab. »Das ist nicht so schön wie Deutschland, oder?«

Schmuel runzelte die Stirn. »Warum nicht?«, fragte er.

»Na ja, weil Deutschland das größte aller Länder ist«, erwiderte Bruno und erinnerte sich an eine Sache, über die Vater mehrmals mit Großvater diskutiert hatte. »Wir sind überlegen.«

Schmuel starrte ihn an, sagte aber nichts, und Bruno verspürte das starke Bedürfnis, das Thema zu wechseln, denn noch während er die Worte gesagt hatte, kamen sie ihm irgendwie falsch vor, und er wollte keinesfalls, dass Schmuel ihn für unfreundlich hielt.

»Wo liegt Polen eigentlich?«, fragte er nach ein paar schweigsamen Sekunden.

»In Europa«, sagte Schmuel.

Bruno versuchte sich an die Länder zu entsinnen, die er in der letzten Erdkundestunde bei Herrn Liszt gelernt hatte. »Hast du schon von Dänemark gehört?«, fragte er.

»Nein«, sagte Schmuel.

»Ich glaube, Polen liegt in Dänemark«, sagte Bruno. Er war zunehmend verwirrt, obwohl er sich Mühe gab, möglichst klug zu klingen. »*Das* ist nämlich wirklich weit entfernt«, fügte er hinzu, um sich selbst zu bestätigen.

Schmuel starrte ihn kurz an, öffnete und schloss zweimal seinen Mund, als überlegte er sich sorgfältig seine Antwort. »Aber hier ist Polen«, sagte er schließlich.

»Wirklich?«, fragte Bruno.

»Ja, bestimmt. Und Dänemark ist sowohl von Polen wie von Deutschland ziemlich weit entfernt.«

Bruno stutzte. Vom Namen her kannte er all diese Länder, aber er konnte sie nur schwer auseinander halten. »Na schön«, sagte er. »Ist alles relativ, oder? Entfernung, meine ich.« Er hätte das Thema gern auf sich beruhen lassen, weil er allmählich glaubte, dass er völlig falsch lag, aber insgeheim nahm er sich vor, in Erdkunde künftig besser aufzupassen.

»Ich bin noch nie in Berlin gewesen«, sagte Schmuel.

»Und ich war, glaube ich, noch nie in Polen, bevor ich hierher kam«, sagte Bruno, womit er recht hatte. »Das heißt, wenn das hier wirklich Polen ist.«

»Ganz bestimmt«, sagte Schmuel ruhig. »Auch wenn es kein schöner Teil davon ist.«

»Nein.«

»Wo ich herkomme, ist es viel schöner.«

»Aber bestimmt nicht so schön wie Berlin«, sagte Bruno. »In Berlin hatten wir ein großes Haus mit fünf Stockwerken, wenn man den Keller und oben die kleine Dachkammer mit dem Fenster mitzählt. Und da waren hübsche Straßen mit Geschäften, Obst- und Gemüseständen und vielen Cafés. Aber wenn du irgendwann mal dorthin kommst, würde ich dir empfehlen, nicht am Samstagnachmittag in der Stadt herumzulaufen, weil dann viel zu viele Leute unterwegs sind und du von Pontius zu Pilatus geschoben wirst. Und es war viel schöner, bevor sich alles verändert hat.«

»Wie meinst du das?«, fragte Schmuel.

»Na ja, früher war es dort sehr ruhig«, erklärte Bruno, der nicht gern darüber redete, dass sich alles verändert hatte. »Und abends konnte ich im Bett lesen. Aber jetzt ist es manchmal sehr laut und gruselig, und wenn es dunkel wird, müssen wir alle Lichter ausmachen.«

»Wo ich herkomme, ist es viel schöner als in Berlin«, sagte Schmuel, der noch nie in Berlin gewesen war. »Alle sind sehr freundlich, und wir haben eine große Familie, und das Essen ist auch viel besser.«

»Tja, einigen wir uns darauf, dass wir uns nicht einigen können«, sagte Bruno, der sich mit seinem neuen Freund nicht streiten wollte.

»Gut«, sagte Schmuel.

»Forschst du gern?«, fragte Bruno nach einer Weile.

»Weiß nicht, das habe ich noch nie gemacht«, gab Schmuel zu.

»Wenn ich groß bin, werde ich Forscher«, sagte Bruno und nickte schnell. »Im Augenblick kann ich leider nur Bücher über Forscher lesen, aber wenigstens mache ich dann, wenn ich einer bin, nicht die gleichen Fehler wie sie.«

Schmuel runzelte die Stirn. »Was für Fehler denn?«

»Ach, unzählige«, erklärte Bruno. »Das Entscheidende beim Forschen ist, dass du wissen musst, ob die Sache, die du findest, sich auch lohnt. Manche Sachen liegen einfach da, kümmern sich um ihren eigenen Kram und warten nur darauf, entdeckt zu werden. Wie Amerika. Und von anderen Dingen sollte man lieber die Finger lassen. Von toten Mäusen zum Beispiel, die hinten im Schrank liegen.«

»Ich glaube, ich gehöre zur ersten Kategorie«, sagte Schmuel.

»Ja, das glaube ich auch«, erwiderte Bruno. »Darf ich dich etwas fragen?«, fügte er nach einer Weile hinzu.

»Ja«, sagte Schmuel.

Bruno überlegte. Er wollte die Frage möglichst richtig formulieren.

»Warum sind auf deiner Zaunseite so viele Leute?«, fragte er. »Und was macht ihr da alle?«

Kapitel elf

DER FUROR

Ein paar Monate zuvor, kurz nachdem Vater die neue Uniform erhalten hatte, wegen der ihn alle *Kommandant* nennen mussten, und kurz bevor Bruno nach Hause kam und Maria seine Sachen packte, kam Vater eines Abends sehr aufgeregt nach Hause, was ihm überhaupt nicht ähnlich sah, und marschierte ins Wohnzimmer, in dem Mutter, Bruno und Gretel saßen und in ihren Büchern lasen.

»Donnerstagabend«, verkündete er. »Falls wir am Donnerstagabend etwas vorhaben, müssen wir es streichen.«

»Du kannst deine Pläne ändern, wenn du willst«, sagte Mutter, »aber ich habe Theaterkarten und gehe mit ...«

»Der Furor will etwas mit mir besprechen«, sagte Vater, der, im Gegensatz zu allen anderen, Mutter unterbrechen durfte. »Heute Nachmit-

tag kam der Anruf. Er kann nur Donnerstagabend und hat sich zum Essen eingeladen.«

Mutter machte große Augen und ihr Mund
formte ein staunendes O. Bruno betrachtete sie
und überlegte, ob er genauso aussah, wenn ihn
etwas überraschte.

»Das ist nicht dein Ernst«, sagte Mutter und
wurde ein bisschen blass. »Er kommt hierher?
In unser Haus?«

Vater nickte. »Um sieben Uhr«, sagte er.
»Wir sollten uns also etwas Besonderes zum
Essen einfallen lassen.«

»Du liebe Zeit«, sagte Mutter, und ihre Augen blitzten hin und her, als sie an die vielen
Dinge dachte, die erledigt werden mussten.

»Wer ist der Furor?«, fragte Bruno.

»Du sprichst es falsch aus«, sagte Vater und
sprach es richtig für ihn aus.

»Der Furor«, sagte Bruno wieder, darum
bemüht, es richtig zu machen, aber wieder ver-
geblich.

»Nein«, sagte Vater, »der … Ach, vergiss es!«

»Ja, aber wer ist er denn jetzt?«, fragte Bruno
erneut.

Vater schaute ihn verwundert an. »Du weißt
ganz genau, wer der Furor ist«, sagte er.

»Weiß ich nicht«, sagte Bruno.

»Er regiert das Land, du Idiot«, sagte Gretel hochnäsig, wie Schwestern es gern tun. (Und genau deshalb war sie auch ein hoffnungsloser Fall.) »Liest du nie Zeitung?«

»Du sollst nicht *Idiot* zu deinem Bruder sagen«, schimpfte Mutter.

»Darf ich dann *Dummkopf* sagen?«

»Mir wäre lieber, du würdest es bleiben lassen.«

Gretel setzte sich enttäuscht hin, streckte Bruno aber trotzdem die Zunge raus.

»Kommt er allein?«, fragte Mutter.

»Das habe ich vergessen zu fragen«, sagte Vater. »Aber ich nehme an, er bringt *sie* mit.«

»Du liebe Zeit«, sagte Mutter wieder. Sie stand auf und zählte im Kopf die vielen Dinge auf, die sie vor Donnerstag, also in nur zwei Tagen, erledigen musste. Das Haus musste von oben bis unten auf den Kopf gestellt werden, die Fenster geputzt, der Esszimmertisch gebeizt und poliert, das Essen bestellt, die Uniformen der Dienstboten gewaschen und gebügelt, Geschirr und Gläser poliert, bis alles funkelte.

Obwohl die Liste der zu erledigenden Sachen immer länger zu werden schien, schaffte Mutter es irgendwie, alles rechtzeitig zu erledigen, auch wenn sie ein ums andere Mal bemerkte, dass der Abend sicherlich ein größerer Erfolg werden würde, wenn *ein gewisser Jemand* ein bisschen mehr im Haus mit anfassen würde.

Eine Stunde vor der erwarteten Ankunft des Furors wurden Gretel und Bruno zu einem der seltenen Besuche in Vaters Büro zitiert. Gretel trug ein weißes Kleid und Kniestrümpfe, ihre Haare waren zu Korkenzieherlocken gedreht worden. Bruno trug dunkelbraune kurze Hosen, ein reinweißes Hemd und eine dunkelbraune Krawatte. Für den Anlass hatte er ein Paar neue Schuhe bekommen und war sehr stolz darauf, auch wenn sie ihm zu klein waren und drückten, was ihm das Gehen erschwerte. Eigentlich waren die vielen Vorbereitungen und guten Kleider ein bisschen zu aufwendig, denn Bruno und Gretel durften nicht einmal mit am Tisch sitzen; sie hatten schon eine Stunde vorher gegessen.

»Also, Kinder«, sagte Vater, der hinter seinem Schreibtisch saß und von seinem Sohn zu seiner Tochter und wieder zurück blickte. »Ihr wisst, dass heute ein ganz besonderer Abend vor uns liegt, nicht wahr?«

Sie nickten.

»Und dass es sehr wichtig für meine Karriere ist, dass der Abend gut läuft.«

Sie nickten wieder.

»Ich möchte deshalb ein paar Grundregeln festlegen, bevor es losgeht.« Vater hielt sehr viel von Grundregeln. Sobald es einen besonderen oder wichtigen Anlass im Haus gab, dachte er sich neue aus.

»Nummer eins«, sagte Vater. »Wenn der Furor ankommt, steht ihr still im Flur und haltet euch bereit, ihn zu begrüßen. Ihr sagt erst etwas, wenn er euch anspricht, und dann antwortet ihr in klarem Ton und sprecht jedes Wort deutlich aus. Habt ihr das verstanden?«

»Ja, Vater«, nuschelte Bruno.

»Genau das wollen wir nicht«, sagte Vater und meinte Brunos Nuscheln. »Mach den Mund auf und sprich wie ein Erwachsener. Was wir wirklich nicht brauchen ist, dass ihr beide euch wie Kinder aufführt. Wenn der Furor euch ignoriert, dann sagt ihr auch nichts, sondern schaut geradeaus und erweist ihm den Respekt und die Höflichkeit, die ein so großer Mann verdient.«

»Natürlich, Vater«, sagte Gretel mit sehr klarer Stimme.

»Und wenn Mutter und ich mit ihm am Tisch sitzen, bleibt ihr beide ganz ruhig in euren Zimmern. Es wird nicht herumgerannt, nicht das

Geländer heruntergerutscht« – an dieser Stelle sah er ganz gezielt Bruno an – »und ihr werdet uns nicht stören. Ist das klar? Ich möchte, dass keiner von euch Unruhe stiftet.«

Als Bruno und Gretel nickten, stand Vater auf, um ihnen zu zeigen, dass die Unterredung beendet war.

»Damit sind die Grundregeln festgelegt«, sagte er.

Eine Dreiviertelstunde später klingelte es, und im Haus brach helle Aufregung aus. Bruno und Gretel stellten sich Seite an Seite an die Treppe, Mutter wartete neben ihnen und rieb sich nervös die Hände. Vater sah sie alle kurz an und nickte, offenbar zufrieden mit dem Anblick, dann öffnete er die Tür.

Draußen standen zwei Leute: ein ziemlich kleiner Mann und eine größere Frau.

Vater salutierte vor ihnen und geleitete sie ins Innere, wo Maria, die den Kopf noch tiefer neigte als sonst, ihnen die Mäntel abnahm und alle vorgestellt wurden. Zuerst sprachen sie Mutter an, was Bruno die Gelegenheit bot, die Gäste zu begutachten und sich selbst ein Urteil zu bilden, ob sie das ganze Theater, das ihretwegen veranstaltet wurde, auch wirklich wert waren.

Der Furor war viel kleiner als Vater und, wie

Bruno annahm, längst nicht so stark. Er hatte dunkles, ziemlich kurz geschnittenes Haar und einen kleinen Schnurrbart – so klein, dass Bruno sich fragte, warum er ihn überhaupt stehen ließ oder ob er beim Rasieren nur ein Stück vergessen hatte. Die Frau an seiner Seite aber war so ziemlich die schönste Frau, die er jemals im Leben gesehen hatte. Sie hatte blondes Haar und knallrote Lippen, und während der Furor sich mit Mutter unterhielt, drehte sie sich um und sah Bruno lächelnd an, was ihn vor Verlegenheit rot werden ließ.

»Und das sind meine Kinder, Furor«, sagte Vater, worauf Gretel und Bruno einen Schritt vortraten. »Gretel und Bruno.«

»Und wer ist wer?«, fragte der Furor, was alle zum Lachen brachte, nur Bruno nicht, für den klar auf der Hand lag, wer wer war, und der darin wirklich keinen Witz sah. Der Furor gab jedem die Hand, und Gretel machte einen vorsichtigen, einstudierten Knicks. Bruno war entzückt, als der Knicks misslang und sie beinahe hinfiel.

»Was für bezaubernde Kinder«, sagte die schöne blonde Frau. »Wie alt sind sie, wenn ich fragen darf?«

»Ich bin zwölf, aber er ist erst neun«, sagte

Gretel und schaute ihren Bruder verächtlich an. »Ich kann auch Französisch sprechen«, fügte sie hinzu, was nicht ganz der Wahrheit entsprach, denn sie hatte nur ein paar Wendungen in der Schule gelernt.

»Ja, aber wozu soll das gut sein?«, fragte der Furor. Diesmal lachte niemand, vielmehr traten alle beklommen von einem Fuß auf den anderen und Gretel starrte ihn an, unsicher, ob er eine Antwort wollte oder nicht.

Die angespannte Lage löste sich jedoch schnell, weil der Furor, der in Brunos Augen der unhöflichste Gast war, den er je erlebt hatte, sich umdrehte, schnurstracks ins Esszimmer marschierte und sich, ohne ein weiteres Wort zu sagen, einfach ans obere Ende des Tisches setzte – auf Vaters Platz! Leicht nervös gingen Mutter und Vater hinter ihm her, und Mutter wies Lars an, die Suppe warm zu machen.

»Ich spreche auch Französisch«, sagte die schöne blonde Frau, beugte sich nach unten und lächelte den beiden Kindern zu. Allem Anschein hatte sie nicht so große Angst vor dem Furor wie Vater und Mutter. »Französisch ist eine wunderschöne Sprache, und es ist sehr klug von dir, sie zu lernen.«

»Eva«, rief der Furor aus dem anderen Zimmer und schnippte mit den Fingern, als wäre sie irgendein Schoßhündchen. Die Frau verdrehte die Augen, richtete sich langsam auf und drehte sich um.

»Deine Schuhe gefallen mir, Bruno, aber sie sehen ein bisschen eng aus«, sagte sie lächelnd. »Wenn sie kneifen, solltest du es deiner Mutter sagen, sonst kriegst du womöglich Blasen.«

»Sie kneifen ein *klein* wenig«, gab Bruno zu.

»Normalerweise trage ich keine Locken«, sagte Gretel, die ihrem Bruder die Aufmerksamkeit neidete.

»Aber warum denn nicht?«, fragte die Frau. »So sieht es doch hübsch aus.«

»Eva!«, brüllte der Furor zum zweiten Mal, und jetzt entfernte sie sich von ihnen.

»War nett, euch beide kennenzulernen«, sagte sie, bevor sie ins Esszimmer ging und sich zur Linken des Furors setzte. Gretel lief zur Treppe, aber Bruno blieb wie angewurzelt stehen und beobachtete die blonde Frau, bis sie seinen Blick auffing und ihm zuwinkte, gerade als Vater erschien und die Tür mit einem knappen Kopfnicken schloss – das Zeichen für Bruno, auf sein Zimmer zu gehen, sich still hinzusetzen, keinen Lärm zu machen und schon gar nicht das Geländer herunterzurutschen.

Der Furor und Eva blieben fast zwei Stunden, aber Gretel und Bruno wurden nicht nach unten gebeten, um sich von ihnen zu verabschieden. Bruno sah sie von seinem Zimmerfenster aus weggehen. Vor ihrem Auto, das sogar einen Chauffeur hatte, hielt der Furor seiner Gefährtin nicht einmal die Tür auf, sondern stieg ein und griff sofort nach der Zeitung, während sie sich noch einmal von Mutter verabschiedete und ihr für das nette Essen dankte.

Was für ein furchtbarer Mann, dachte Bruno.

Später am Abend hörte Bruno Teile von Mutter und Vaters Unterhaltung mit. Einige Sätze drangen durch das Schlüsselloch oder unter der Tür von Vaters Büro die Treppe hinauf, um das Geländer herum und unter Brunos Zimmertür hindurch. Ihre Stimmen waren ungewöhnlich laut, aber Bruno konnte nur Bruchstücke verstehen:

»... Berlin zu verlassen. Und wegen so einem Ort ...«, sagte Mutter.

»... keine Wahl, zumindest nicht, wenn wir weiterhin ...«, sagte Vater.

»... als wäre es das Natürlichste der Welt, aber das ist es nicht, wirklich nicht ...«, sagte Mutter.

»... dann würde man mich abziehen und behandeln wie einen ...«, sagte Vater.

»... erwarten, dass sie an so einem Ort aufwachsen ...«, sagte Mutter.

»... und damit ist die Sache beendet. Kein Wort mehr zu dem Thema ...«, sagte Vater.

Vermutlich war dies das Ende der Unterhaltung, denn danach verließ Mutter Vaters Büro, und Bruno schlief ein.

Ein paar Tage später kam er von der Schule nach Hause und sah, dass Maria in seinem Zimmer stand, alle seine Sachen aus dem Schrank holte und sie in vier große Holzkisten packte, auch die ganz hinten versteckten, die nur ihm gehörten und keinen etwas angingen. Und damit fing die Geschichte an.

Kapitel zwölf

Schmuel überlegt sich
eine Antwort auf Brunos Frage

»Ich weiß nur so viel«, sagte Schmuel. »Bevor wir hierher kamen, lebte ich mit meinen Eltern und meinem Bruder Josef in einer kleinen Wohnung über der Werkstatt, in der Papa seine Uhren macht. Jeden Morgen haben wir zusammen um sieben gefrühstückt, und während wir in der Schule waren, hat Papa die kaputten Uhren von Kunden repariert oder neue gemacht. Ich hatte eine wunderschöne Armbanduhr von ihm, aber jetzt ist sie weg. Sie hatte ein goldenes Zifferblatt, und ich zog sie jeden Abend vor dem Schlafengehen auf. Sie ging nie falsch.«

»Was ist mit ihr passiert?«, fragte Bruno.

»Sie haben sie mir weggenommen«, sagte Schmuel.

»Wer?«

»Die Soldaten natürlich«, sagte Schmuel,

als wäre es die selbstverständlichste Sache der Welt.

»Eines Tages veränderte sich dann alles«, fuhr er fort. »Als ich von der Schule nach Hause kam, nähte meine Mutter aus einem speziellen Stoff Armbinden und zeichnete auf jede einen Stern. So einen.« Schmuel zeichnete mit dem Finger ein Muster in die staubige Erde.

»Immer wenn wir aus dem Haus gingen, sagte sie zu uns, müssten wir so eine Armbinde tragen.«

»Mein Vater trägt auch eine«, sagte Bruno. »An seiner Uniform. Eine sehr hübsche. Leuchtend rot, mit einem schwarz-weißen Muster drauf.« Auf seiner Seite des Zauns zeichnete er mit dem Finger ein anderes Muster in die staubige Erde.

»Ja, aber es sind nicht die gleichen, oder?«, sagte Schmuel.

»Mir hat nie jemand eine Armbinde gegeben«, sagte Bruno.

»Aber ich wollte nie eine tragen«, sagte Schmuel.

»Trotzdem«, sagte Bruno, »ich glaube, ich hätte gern eine. Nur weiß ich nicht, welche mir lieber wäre, deine oder Vaters.«

Schmuel schüttelte den Kopf und erzählte weiter. Er dachte nicht mehr oft an diese Dinge, weil ihn die Erinnerung an sein altes Leben über dem Uhrengeschäft sehr traurig machte.

»Ein paar Monate lang trugen wir die Armbinden«, sagte er. »Und dann veränderte sich wieder alles. Eines Tages kam ich nach Hause und Mama sagte, wir dürften nicht mehr in unserem Haus wohnen …«

»Bei mir war das auch so!«, rief Bruno und freute sich, dass er nicht der einzige Junge war, den man zum Umziehen gezwungen hatte. »Der Furor kam zum Abendessen, verstehst du, und im nächsten Moment zogen wir hierher. Dabei finde ich es hier *schrecklich*«, fügte er laut hinzu. »War er bei euch auch zum Essen, und dann musstet ihr weg?«

»Nein, aber als man uns sagte, dass wir nicht in unserem Haus bleiben dürfen, mussten wir in ein anderes Viertel von Krakau ziehen, um das die Soldaten eine hohe Mauer bauten, und meine Eltern, mein Bruder und ich mussten dort in einem einzigen Zimmer wohnen.«

»Alle zusammen?«, fragte Bruno. »In einem einzigen Zimmer?«

»Und nicht nur wir«, sagte Schmuel. »Da war noch eine andere Familie, in der die Eltern immer miteinander stritten, und einer der Söhne war größer als ich und hat mich immer geschlagen, auch wenn ich gar nichts gemacht hatte.«

»Ihr könnt unmöglich alle in dem einen Zimmer gewohnt haben«, sagte Bruno kopfschüttelnd. »Das ergibt keinen Sinn.«

»Alle zusammen«, sagte Schmuel und nickte. »Insgesamt elf.«

Bruno öffnete den Mund und wollte ihm erneut widersprechen, denn er mochte einfach nicht glauben, dass elf Menschen in einem Raum zusammen leben konnten, aber er überlegte es sich anders.

»Ein paar Monate haben wir dort gelebt«, fuhr Schmuel fort, »alle zusammen in dem einen Zimmer. Es hatte ein kleines Fenster, aber ich schaute nicht gern hinaus, weil ich dann immer die Mauer sah, und die konnte ich nicht ausstehen, weil unsere richtige Wohnung auf der anderen Seite lag. Und jetzt lebten wir im schlimmen Teil der Stadt, in dem es immer laut war und man unmöglich schlafen konnte. Außerdem hasste ich Luka, den Jungen, der mich dauernd verprügelte, auch wenn ich gar nichts gemacht hatte.«

»Gretel haut mich auch manchmal«, sagte Bruno. »Sie ist meine Schwester«, setzte er hinzu. »Und ein hoffnungsloser Fall. Aber bald bin ich größer und stärker als sie, dann kann sie ihr blaues Wunder erleben.«

»Eines Tages kamen dann viele Soldaten mit Lastwagen«, fuhr Schmuel fort, der sich nicht sonderlich für Gretel interessierte. »Alle mussten ihre Häuser verlassen. Viele Leute wollten nicht und versteckten sich, wo sie gerade einen Platz fanden, aber am Ende haben sie, glaube ich, alle erwischt. Die Lastwagen fuhren uns zu einem Zug, und der Zug …« Er zögerte kurz und biss sich auf die Lippe. Bruno dachte schon, Schmuel würde gleich anfangen zu weinen, und konnte nicht so recht verstehen, warum.

»Die Zugfahrt war schrecklich«, sagte Schmuel. »In den Waggons waren zu viele Menschen. Wir hatten kaum Luft zum Atmen. Und es roch entsetzlich.«

»Weil ihr euch alle in einen Zug gezwängt habt«, sagte Bruno und erinnerte sich an die beiden Züge, die er bei der Abfahrt aus Berlin gesehen hatte. »Als wir hierher kamen, stand noch einer auf der anderen Seite des Bahnsteigs, aber den schien keiner zu sehen. In den sind wir gestiegen. Den hättet ihr auch nehmen sollen.«

»Ich glaube nicht, dass wir das gedurft hätten«, sagte Schmuel und schüttelte den Kopf. »Wir konnten unseren Waggon nicht verlassen.«

»Die Türen sind am Ende«, erklärte Bruno.

»Da waren keine Türen«, sagte Schmuel.

»Natürlich waren da Türen«, sagte Bruno seufzend. »Sie sind ganz am Ende«, wiederholte er. »Gleich nach dem Speisewagen.«

»Da waren keine Türen«, beharrte Schmuel. »Wenn welche da gewesen wären, wären wir alle ausgestiegen.«

Bruno murmelte etwas in der Richtung: »Natürlich waren da welche«, aber er sagte es leise, damit Schmuel es nicht hörte.

»Als der Zug endlich hielt«, fuhr Schmuel fort, »waren wir an einem sehr kalten Ort, und wir mussten alle hierher marschieren.«

»Wir hatten ein Auto«, sagte Bruno, nunmehr wieder laut.

»Dann wurde Mama von uns getrennt, und

Papa, Josef und ich wurden in die Baracken dort drüben gesteckt, und da sind wir seitdem.«

Schmuel sah sehr traurig aus, als er diese Geschichte erzählte, und Bruno wusste nicht warum. Er fand alles gar nicht so schrecklich, zumal ihm fast das Gleiche passiert war.

»Sind viele andere Jungen dort drüben?«, fragte Bruno.

»Hunderte«, sagte Schmuel.

Bruno machte große Augen. »Hunderte?«, sagte er staunend. »Das ist wirklich nicht gerecht. Auf dieser Zaunseite gibt es keinen Menschen, mit dem ich spielen könnte. Nicht einen einzigen.«

»Wir spielen nicht«, sagte Schmuel.

»Ihr spielt nicht? Warum denn nicht?«

»Was sollen wir denn spielen?«, fragte er, und bei dem Gedanken daran sah sein Gesicht verwirrt aus.

»Na ja, keine Ahnung«, sagte Bruno. »Alles Mögliche. Fußball zum Beispiel. Oder Forschen. Gibt es auf deiner Seite eigentlich viel zu erforschen?«

Schmuel schüttelte den Kopf und gab keine Antwort. Er blickte zu den Baracken zurück und drehte sich dann wieder zu Bruno. Am liebsten hätte er die nächste Frage nicht gestellt, aber das Zwicken in seinem Bauch ließ ihm keine Wahl.

»Du hast nicht zufällig etwas zu essen dabei?«, fragte er.

»Leider nicht«, sagte Bruno. »Eigentlich wollte ich Schokolade mitnehmen, aber ich hab's vergessen.«

»Schokolade«, sagte Schmuel ganz langsam, und dabei lief ihm das Wasser im Mund zusammen. »Schokolade habe ich nur einmal gegessen.«

»Nur einmal? Ich liebe Schokolade. Ich kann nicht genug davon kriegen, obwohl Mutter sagt, Schokolade ruiniert die Zähne.«

»Hast du vielleicht ein bisschen Brot?«

Bruno schüttelte den Kopf. »Gar nichts«, sagte er. »Wir essen um halb sieben zu Abend. Wann esst ihr?«

Schmuel zuckte die Schultern und raffte sich mühsam auf. »Ich glaube, ich muss wieder zurück«, sagte er.

»Vielleicht kannst du mal bei uns zu Abend essen«, sagte Bruno, wusste aber nicht so recht, ob das eine gute Idee war.

»Vielleicht«, sagte Schmuel, obwohl er nicht überzeugt klang.

»Ich könnte auch zu dir kommen«, sagte

Bruno. »Vielleicht könnte ich kommen und deine Freunde kennenlernen«, fügte er zuversichtlich hinzu. Eigentlich hatte er gehofft, Schmuel würde ihm das von sich aus vorschlagen, aber er machte keine Anstalten dazu.

»Du bist auf der falschen Zaunseite«, sagte Schmuel.

»Ich könnte unten durchkriechen«, sagte Bruno, fasste nach unten und hob den Drahtzaun vom Boden. In der Mitte, zwischen den hölzernen Telegraphenmasten, ließ er sich recht mühelos anheben, und ein Junge von Brunos kleiner Statur passte leicht durch.

Schmuel beobachtete ihn und wich nervös zurück. »Ich muss jetzt zurück«, sagte er.

»Dann bis bald, an einem anderen Nachmittag«, sagte Bruno.

»Eigentlich darf ich nicht hier sein. Wenn sie mich erwischen, bekomme ich Ärger.«

Als Schmuel sich umdrehte und wegging, fiel Bruno erneut auf, wie klein und dünn sein neuer Freund war. Aber Bruno sagte nichts dazu, weil er nur zu gut wusste, wie unangenehm es war, wenn man wegen Lappalien wie der Größe kritisiert wurde, außerdem wollte er keinesfalls unfreundlich zu Schmuel sein.

»Morgen komme ich wieder«, rief Bruno

dem scheidenden Jungen nach. Doch Schmuel antwortete ihm nicht, sondern rannte stattdessen wieder zum Lager und ließ Bruno allein zurück.

Bruno fand, dass er für einen Tag mehr als genug erforscht hatte, und begab sich auf den Heimweg, noch ganz erfüllt von allem, was er erlebt hatte. Er wünschte sich nichts sehnlicher, als von seinem Abenteuer an diesem Nachmittag zu erzählen – den Eltern und Gretel, die vor Neid vermutlich platzen würde, oder Maria, Koch und Lars; er wollte von seinem neuen Freund mit dem seltsamen Namen erzählen und dass sie am gleichen Tag Geburtstag hatten, doch je näher er seinem Haus kam, umso stärker hegte er den Verdacht, dass es vielleicht keine gute Idee war.

Vielleicht, überlegte er, wollen sie nicht, dass er mein Freund wird, und wenn das der Fall ist, verbieten sie mir womöglich hierher zu gehen. Als er durch die Haustür trat und das Fleisch roch, das im Ofen brutzelte, hatte er entschieden, dass es besser war, die ganze Geschichte vorläufig für sich zu behalten und kein Wort darüber zu verlieren. Sie sollte sein Geheimnis bleiben. Das heißt, sein Geheimnis und Schmuels.

Was Eltern und vor allem Schwestern an-
ging, vertrat Bruno die Ansicht, dass alles, was
sie nicht wussten, sie auch nicht beunruhigen
konnte.

Kapitel dreizehn

DIE WEINFLASCHE

Im Laufe der folgenden Wochen wurde Bruno klar, dass er in absehbarer Zukunft nicht nach Berlin heimkehren würde und dass er vergessen konnte, das Geländer in seinem schönen Haus herunterzurutschen oder Karl, Daniel und Martin in nächster Zeit wiederzusehen.

Mit jedem Tag, der verging, gewöhnte er sich an Aus-Wisch und war nicht mehr ganz so unglücklich über sein neues Leben. Immerhin hatte er jetzt jemanden, mit dem er reden konnte. Jeden Nachmittag nach dem Unterricht ging Bruno den langen Weg am Zaun entlang, setzte sich hin und unterhielt sich mit seinem neuen Freund Schmuel, bis es Zeit wurde, nach Hause zu gehen. Diese kleinen Ausflüge entschädigten ihn für die vielen Stunden, in denen er Berlin vermisst hatte.

Eines Nachmittags, als er sich gerade Brot

und Käse aus dem Küchenkühlschrank in die Taschen steckte, kam Maria herein und blieb stehen, als sie sah, was er machte.

»Hallo«, sagte Bruno so lässig wie möglich. »Du hast mich vielleicht erschreckt. Ich habe dich nicht hereinkommen hören.«

»Isst du etwa schon wieder?«, fragte Maria und musste lächeln. »Du hast doch zu Mittag gegessen, nicht? Und hast immer noch Hunger?«

»Ein bisschen«, sagte Bruno. »Ich will einen Spaziergang machen und dachte, unterwegs könnte ich was zwischen die Zähne gebrauchen.«

Maria zuckte mit den Schultern und ging zum Herd, wo sie einen Topf Wasser zum Kochen aufsetzte. Auf der Arbeitsfläche daneben lag ein Haufen Kartoffeln und Karotten, die Pavel später am Nachmittag schälen sollte. Bruno wollte gerade gehen, als ihm das Gemüse ins Auge stach und ihm eine Frage einfiel, die ihn schon seit einiger Zeit beschäftigte. Bisher hatte er nicht gewusst, wen er fragen könnte, aber dies schien ihm der ideale Augenblick und Maria die ideale Person.

»Maria«, sagte er. »Darf ich dich etwas fragen?«

Das Dienstmädchen drehte sich um und sah ihn erstaunt an. »Natürlich, Bruno«, sagte sie.

»Und wenn ich dich frage, versprichst du mir, keinem davon zu erzählen?«

Sie kniff misstrauisch die Augen zusammen, nickte aber. »Na schön«, sagte sie. »Was willst du wissen?«

»Es geht um Pavel«, sagte Bruno. »Du kennst ihn doch, oder? Der Mann, der zum Gemüseschälen kommt und uns das Essen am Tisch serviert.«

»Aber ja«, sagte Maria lächelnd. Sie klang erleichtert, dass es nur darum und nicht um etwas Ernstes ging. »Ich kenne Pavel. Wir haben uns oft unterhalten. Warum fragst du nach ihm?«

»Na ja«, sagte Bruno und wählte seine Worte mit Bedacht, damit ihm nichts Falsches herausrutschte. »Weißt du noch, als ich kurz nach unserer Ankunft die Schaukel an der Eiche gebaut habe und dann gestürzt bin und mir das Knie aufgeschnitten habe?«

»Ja«, sagte Maria. »Es tut doch nicht wieder weh, oder?«

»Nein, das nicht«, sagte Bruno. »Aber als ich mich verletzte, war Pavel der einzige Erwachsene in der Nähe, und er hat mich ins Haus gebracht, die Wunde gereinigt und gewaschen und die grüne brennende Flüssigkeit draufgetupft, von der aber vermutlich alles besser wurde, und dann hat er ein Pflaster drübergeklebt.«

»Das würde jeder tun, wenn jemand verletzt ist«, sagte Maria.

»Ich weiß«, fuhr er fort. »Nur hat er mir damals gesagt, dass er eigentlich gar kein Kellner ist.«

Marias Gesicht erstarrte leicht, und einen Augenblick lang sagte sie nichts. Sie schaute zur Seite und leckte sich die Lippen, dann nickte sie. »Verstehe«, sagte sie. »Und was hat er gesagt, ist er wirklich?«

»Er hat gesagt, er ist Arzt«, erwiderte Bruno. »Aber das kann nicht stimmen. Er ist kein Arzt, oder?«

»Nein«, sagte Maria und schüttelte den Kopf. »Nein, er ist kein Arzt. Er ist Kellner.«

»Ich wusste es«, sagte Bruno und war äußerst zufrieden mit sich. »Warum hat er mich dann angelogen? Dafür gibt es keinen Grund.«

»Pavel ist kein Arzt mehr, Bruno«, sagte Maria leise. »Aber er war einer. In einem anderen Leben. Bevor er hierher kam.«

Bruno runzelte die Stirn und überlegte. »Das verstehe ich nicht«, sagte er.

»Das tun die wenigsten«, entgegnete Maria.

»Aber wenn er Arzt war, warum ist er jetzt keiner mehr?«

Maria seufzte und sah aus dem Fenster, um sicherzugehen, dass niemand kam, dann wies sie mit einer Kopfbewegung zu den Stühlen, und sie nahmen beide Platz.

»Wenn ich dir verrate, was Pavel mir über sein Leben erzählt hat«, sagte sie, »darfst du es keinem weitersagen – hast du verstanden? Sonst würden wir alle großen Ärger bekommen.«

»Ich erzähle es keinem«, versprach Bruno, der unheimlich gern Geheimnisse erfuhr und sie fast nie ausplauderte, außer natürlich, es war absolut notwendig und er konnte nicht anders.

»Na schön«, sagte Maria. »Ich will dir erzählen, was ich weiß.«

Bruno kam spät zu der Stelle am Zaun, wo er Schmuel jeden Tag traf, doch sein neuer Freund saß wie gewohnt im Schneidersitz auf dem Boden und wartete auf ihn.

»Tut mir leid, dass ich so spät komme«, sagte er und reichte ihm etwas Brot und Käse durch den Zaun – die Reste, die er unterwegs nicht verputzt hatte, weil er etwas zwischen die Zähne gebrauchen konnte. »Ich habe mit Maria geredet.«

»Wer ist Maria?«, fragte Schmuel, ohne aufzublicken, während er das Essen hungrig verschlang.

»Unser Dienstmädchen«, erklärte Bruno. »Sie ist sehr nett, obwohl Vater sagt, sie ist überbezahlt. Aber sie hat mir etwas über Pavel erzählt, den Mann, der für uns Gemüse putzt und am Tisch serviert. Ich glaube, er lebt auf deiner Seite des Zauns.«

Schmuel blickte kurz hoch und hörte zu essen auf. »Auf meiner Seite?«, fragte er.

»Ja. Kennst du ihn? Er ist sehr alt und hat eine weiße Jacke, die er trägt, wenn er das Essen serviert. Du hast ihn bestimmt schon gesehen.«

»Nein«, sagte Schmuel und schüttelte den Kopf. »Ich kenne ihn nicht.«

»Aber du musst ihn kennen«, sagte Bruno ärgerlich, als würde Schmuel sich absichtlich keine Mühe geben. »Er ist nicht so groß wie die meisten Erwachsenen, hat graues Haar und geht ein bisschen krumm.«

»Ich glaube, dir ist nicht klar, wie viele Menschen auf meiner Zaunseite leben«, sagte Schmuel. »Wir sind Abertausende.«

»Aber der Mann heißt Pavel«, beharrte Bruno. »Als ich von meiner Schaukel gefallen bin, hat er die Wunde gereinigt, damit sie sich nicht entzündete, und mir dann einen Verband angelegt. Ich wollte dir von ihm erzählen, weil er auch aus Polen ist. Genau wie du.«

»Die meisten hier sind aus Polen«, sagte Schmuel. »Obwohl manche auch aus anderen Ländern sind, zum Beispiel der Tschechoslowakei und ...«

»Ja, aber deswegen dachte ich ja, du kennst ihn vielleicht. In seiner Heimatstadt war er jedenfalls Arzt, aber jetzt darf er das nicht mehr sein, und wenn Vater erfahren hätte, dass er nach dem Schaukelunfall mein Knie gereinigt hat, hätte es Ärger gegeben.«

»Normalerweise wollen die Soldaten nicht, dass die Leute gesund werden«, sagte Schmuel und schluckte das letzte Stück Brot hinunter. »Meistens ist es genau umgekehrt.«

Bruno nickte, auch wenn ihm nicht ganz klar war, was Schmuel meinte. Er blickte in den Himmel. Kurz darauf spähte er durch den Zaun und stellte noch eine Frage, die ihn nicht losließ.

»Weißt du, was du später mal werden willst?«, fragte er.

»Ja«, sagte Schmuel. »Ich möchte im Zoo arbeiten.«

»Im Zoo?«, fragte Bruno.

»Ich mag Tiere«, sagte Schmuel leise.

»Ich will Soldat werden«, sagte Bruno entschieden. »Genau wie Vater.«

»Soldat möchte ich nicht sein«, sagte Schmuel.

»Ich meine nicht einen wie Oberleutnant Kotler«, sagte Bruno rasch. »Der läuft immer herum, als würde ihm alles gehören, und lacht mit meiner Schwester und flüstert mit meiner Mutter. Würde mich wundern, wenn er ein guter Soldat wäre. Ich meine einen wie Vater. Einen guten Soldaten.«

»Es gibt keine guten Soldaten«, sagte Schmuel.

»Natürlich gibt es welche«, widersprach Bruno.

»Wen?«

»Na ja, Vater zum Beispiel«, sagte Bruno. »Deswegen trägt er so eine eindrucksvolle Uniform und alle nennen ihn Kommandant und tun, was er sagt. Der Furor hat Großes mit ihm vor, weil er so ein guter Soldat ist.«

»Es gibt keine guten Soldaten«, wiederholte Schmuel.

»Mit Ausnahme von Vater«, wiederholte Bruno und hoffte, Schmuel würde nicht noch einmal widersprechen, denn er wollte sich nicht mit ihm streiten müssen. Schließlich war er der einzige Freund, den er hier in Aus-Wisch hatte. Aber Vater war Vater, und Bruno fand es nicht richtig, wenn jemand etwas Schlechtes über ihn sagte.

Die beiden Jungen schwiegen eine ganze Weile, da keiner etwas sagen wollte, was er vielleicht bereute.

»Du ahnst nicht, wie es hier ist«, sagte Schmuel schließlich leise, seine Worte drangen kaum zu Bruno.

»Du hast keine Schwestern, oder?«, fragte Bruno schnell und tat, als hätte er Schmuels Bemerkung nicht gehört, denn sonst hätte er antworten müssen.

»Nein«, sagte Schmuel und schüttelte den Kopf.

»Da hast du Glück«, sagte Bruno. »Gretel ist erst zwölf und bildet sich ein, sie weiß alles, dabei ist sie in Wirklichkeit ein hoffnungsloser Fall. Sie sitzt da und schaut aus dem Fenster, und sobald sie Oberleutnant Kotler kommen sieht, rennt sie in den Flur runter und tut so, als wäre sie schon die ganze Zeit dort gewesen. Vor ein paar Tagen habe ich sie dabei erwischt, und als er hereinkam, schreckte sie zusammen und sagte: *Ach, Oberleutnant Kotler, ich wusste gar nicht, dass Sie hier sind*, dabei weiß ich genau, dass sie auf ihn gewartet hat.«

Bruno hatte Schmuel nicht angesehen, als er das alles sagte, aber als er sich ihm jetzt wieder zuwandte, fiel ihm auf, dass sein Freund noch blasser war als sonst.

»Was hast du?«, fragte er. »Du siehst aus, als ob dir gleich übel wird.«

»Ich will nicht über ihn reden«, sagte Schmuel.

»Über wen?«, fragte Bruno.

»Oberleutnant Kotler. Er macht mir Angst.«

»Mir macht er auch ein bisschen Angst«, gab Bruno zu. »Er ist ein brutaler Kerl. Und er riecht komisch. Von dem vielen Kölnischwasser, das er aufträgt.« Plötzlich fing Schmuel an leicht zu zittern, und Bruno sah sich um, als könnte er die Kälte eher sehen als spüren. »Was ist los?«, fragte er. »So kalt ist es doch gar nicht. Du hättest einen Pullover mitnehmen sollen, weißt du. Gegen Abend wird es jetzt immer kühler.«

Später am Abend stellte Bruno enttäuscht fest, dass Oberleutnant Kotler mit der ganzen Familie zu Abend aß. Pavel trug wie gewohnt seine weiße Jacke und servierte ihnen das Essen.

Bruno beobachtete, wie Pavel um den Tisch ging, und merkte, dass der alte Mann immer, wenn er ihn ansah, traurig wirkte. Er fragte sich, ob Pavel die weiße Jacke, die er jetzt als Kellner trug, früher als Arzt angehabt hatte. Als er die Teller hereingebracht und vor jedem am Tisch einen hingestellt hatte und während sie aßen und sich unterhielten, trat er an die Wand zurück und rührte sich nicht, schaute weder geradeaus noch sonst wohin. Es war, als wäre er im Stehen und mit offenen Augen eingeschlafen.

Sobald jemand etwas brauchte, kam Pavel und brachte es sofort, doch je länger Bruno ihn beobachtete, umso sicherer war er, dass irgendein Unheil in der Luft lag. Pavel schien von Woche zu Woche kleiner zu werden, sofern das überhaupt möglich war, und die Farbe, die in seinen Wangen hätte sein sollen, war fast gänzlich gewichen. Seine Augen schienen in Tränen zu schwimmen, und Bruno befürchtete, ein einziges Blinzeln könnte einen Sturzbach auslösen.

Als Pavel mit den Tellern hereinkam, fiel Bruno sofort auf, dass seine Hände unter dem Gewicht leicht zitterten. Und als er an seinen gewohnten Platz zurücktrat, schien er zu schwanken und musste eine Hand an die Wand pressen, um festen Halt zu finden. Mutter musste ihn zweimal um einen zweiten Teller Suppe bitten, bevor er sie hörte, und als die Weinflasche leer war, öffnete er nicht die nächste, um Vater rechtzeitig nachschenken zu können.

»Bei Herrn Liszt dürfen wir keine Gedichte oder Theaterstücke lesen«, beklagte sich Bruno während des Hauptgangs. Da sie einen Gast hatten, war die Familie feierlich gekleidet – Vater in seiner Uniform, Mutter in einem grünen Kleid, das ihre Augen zur Geltung brachte, Gretel und Bruno in den Sachen, die sie in Berlin zum Kirchgang trugen. »Ich habe ihn gefragt, ob er nicht an einem Tag in der Woche eine Ausnahme machen könnte, aber er meinte nein, nicht solange er für unsere Erziehung zuständig ist.«

»Ich bin sicher, er hat seine Gründe«, sagte Vater und machte sich über ein Stück Lammkeule her.

»Er will immer nur, dass wir Geschichte und Erdkunde lernen«, sagte Bruno. »Und langsam hasse ich Geschichte und Erdkunde.«

»Sag bitte nicht *hassen*, Bruno«, ermahnte ihn Mutter.

»Warum hasst du Geschichte?«, wollte Vater wissen, legte seine Gabel kurz ab und schaute über den Tisch zu seinem Sohn, der nur die Schultern zuckte, eine schlechte Angewohnheit von ihm.

»Weil es langweilig ist«, sagte er.

»Langweilig?«, sagte Vater. »Mein eigener Sohn nennt das Studium der Geschichte langweilig? Lass dir eines gesagt sein, Bruno«, fuhr er fort, beugte sich vor und zeigte mit dem Messer auf den Jungen. »Dass wir heute hier sind, haben wir dem Lauf der Geschichte zu verdanken. Wenn es keine Geschichte gäbe, würde keiner von uns jetzt an diesem Tisch sitzen. Wir säßen dann am Tisch in unserem Haus in Berlin. Aber hier korrigieren wir den Lauf der Geschichte.«

»Trotzdem ist Geschichte langweilig«, wiederholte Bruno, der gar nicht richtig zuhörte.

»Sie müssen meinem Bruder verzeihen, Oberleutnant Kotler«, mischte Gretel sich ein und legte ihm kurz ihre Hand auf den Arm, woraufhin Mutter sie mit zusammengekniffenen Augen anstarrte. »Er ist ein sehr ungebildeter kleiner Junge.«

»Ich bin nicht ungebildet«, schnauzte Bruno sie an, weil er ihre Beleidigungen satthatte. »Sie müssen meiner Schwester verzeihen, Oberleutnant Kotler«, setzte er höflich hinzu, »aber sie ist ein hoffnungsloser Fall. Ihr ist wirklich kaum zu helfen. Die Ärzte sagen, bei ihr ist Hopfen und Malz verloren.«

»Halt die Klappe«, sagte Gretel und lief knallrot an.

»Halt du die Klappe«, sagte Bruno und grinste breit.

»Kinder, bitte«, sagte Mutter.

Vater klopfte mit dem Messer auf den Tisch, worauf alle verstummten. Bruno schaute zu ihm hin. Er wirkte nicht direkt wütend, sah aber aus, als würde er keine weiteren Streitigkeiten dulden.

»Als ich ein kleiner Junge war, hat mir Geschichte großen Spaß gemacht«, sagte Oberleutnant Kotler nach kurzem Schweigen. »Und obwohl mein Vater Literaturprofessor an der Universität war, zog ich die Sozialwissenschaft den Geisteswissenschaften vor.«

»Das wusste ich gar nicht, Kurt«, sagte Mutter und wandte sich ihm kurz zu. »Unterrichtet er immer noch?«

»Das nehme ich an«, sagte Oberleutnant Kotler. »Ich weiß es nicht genau.«

»Aber das müssen Sie doch wissen!«, sagte

sie und sah ihn stirnrunzelnd an. »Stehen Sie nicht in Kontakt zu ihm?«

Der junge Oberleutnant kaute auf einem Stück Lamm, und das gab ihm die Gelegenheit, sich eine Antwort zu überlegen. Er warf Bruno einen Blick zu, in dem Bedauern lag, dass er das Thema überhaupt angeschnitten hatte.

»Kurt«, wiederholte Mutter. »Stehen Sie nicht in Kontakt zu Ihrem Vater?«

»Eigentlich nicht«, erwiderte er und zuckte abweisend die Schultern, ohne sich ihr zuzuwenden. »Er hat Deutschland vor ein paar Jahren verlassen. Neunzehnhundertachtunddreißig, wenn ich mich nicht irre. Seitdem habe ich ihn nicht mehr gesehen.«

Vater hörte kurz zu essen auf und musterte Oberleutnant Kotler mit leichtem Stirnrunzeln. »Und wohin ist er gegangen?«, fragte er.

»Wie bitte, Herr Kommandant?«, fragte Oberleutnant Kotler, obwohl Vater sehr deutlich gesprochen hatte.

»Ich fragte, wohin er gegangen ist«, wiederholte er. »Ihr Vater. Der Literaturprofessor. Wohin ging er, als er Deutschland verlassen hat?«

Oberleutnant Kotler errötete leicht und geriet ins Stottern, als er antwortete. »Ich glaube ...

ich glaube, derzeit ist er in der Schweiz«, sagte er schließlich. »Als Letztes habe ich gehört, dass er an der Universität in Bern lehrt.«

»Ach, die Schweiz ist ein schönes Land«, sagte Mutter schnell. »Ich bin zwar nie dort gewesen, muss ich zugeben, aber nach allem, was man hört …«

»Ihr Vater kann noch nicht sehr alt sein«, sagte Vater, und seine tiefe Stimme brachte alle zum Verstummen. »Ich meine, Sie sind erst … wie alt? Siebzehn? Achtzehn?«

»Ich bin gerade neunzehn geworden, Herr Kommandant.«

»Dann dürfte Ihr Vater … in den Vierzigern sein, schätze ich.«

Oberleutnant Kotler erwiderte nichts, sondern aß weiter, obwohl ihm das Essen allem Anschein nach überhaupt nicht mehr schmeckte.

»Seltsam, dass er sich gegen sein Vaterland entschieden hat«, sagte Vater.

»Wir stehen uns nicht nahe, mein Vater und ich«, sagte Oberleutnant Kotler rasch und warf einen Blick in die Runde, als schulde er jedem eine Erklärung. »Um ehrlich zu sein, wir haben seit Jahren kein Wort miteinander gewechselt.«

»Und was, wenn ich fragen darf, hat ihn dazu

bewogen, Deutschland im Augenblick seines größten Ruhms und in einer entscheidenden Notlage zu verlassen, wenn es die Pflicht eines jeden ist, seine Rolle in der nationalen Wiederbelebung zu spielen? Hatte er Tuberkulose?«

Oberleutnant Kotler starrte Vater verwirrt an. »Wie bitte?«, fragte er.

»Ging er in die Schweiz, um frische Luft zu schöpfen?«, erklärte Vater. »Oder gab es einen besonderen Grund, warum er Deutschland verließ? Neunzehnhundertachtunddreißig«, setzte er kurz darauf hinzu.

»Ich fürchte, ich weiß es nicht, Herr Kommandant«, sagte Oberleutnant Kotler. »Das müssten Sie ihn fragen.«

»Nun ja, das dürfte ziemlich schwierig sein, nicht? Schließlich ist er weit weg. Aber vielleicht lag es daran. Vielleicht war er krank.« Vater zögerte, bevor er sein Besteck wieder zur Hand nahm und weiteraß. »Aber vielleicht gab es auch … Diskrepanzen.«

»Diskrepanzen, Herr Kommandant?«

»Mit der Regierungspolitik. Hin und wieder hört man Geschichten von solchen Männern. Seltsame Burschen, stelle ich mir vor. Gestört, einige davon. Andere Verräter. Oder Feiglinge. Sie haben Ihre Vorgesetzten natürlich über die

Ansichten Ihres Vaters informiert, Oberleutnant Kotler?«

Der junge Oberleutnant öffnete den Mund und schluckte, obwohl er gar nichts gegessen hatte.

»Nicht so wichtig«, sagte Vater heiter. »Vielleicht ist das nicht die passende Unterhaltung für ein Abendessen. Wir können das Ganze zu einem späteren Zeitpunkt ausführlicher erörtern.«

»Herr Kommandant«, sagte Oberleutnant Kotler und beugte sich beflissen vor. »Ich kann Ihnen versichern …«

»Es ist *keine* passende Unterhaltung für ein Abendessen«, wiederholte Vater scharf und brachte den Oberleutnant auf der Stelle zum Verstummen. Bruno sah von einem zum anderen; er fand die angespannte Atmosphäre gleichzeitig schön und unheimlich.

»Ich würde unglaublich gern mal in die Schweiz fahren«, sagte Gretel nach längerem Schweigen.

»Iss einfach weiter, Gretel«, sagte Mutter.

»Ich meinte ja bloß!«

»Iss einfach weiter«, wiederholte Mutter und wollte noch mehr sagen, wurde aber von Vater unterbrochen, der wieder nach Pavel rief.

»Was ist heute Abend los mit dir?«, fragte er, während Pavel die neue Flasche entkorkte. »Schon zum vierten Mal muss ich dich bitten, mir Wein nachzuschenken.«

Bruno beobachtete Pavel und hoffte inständig, dass es ihm gut ging, aber er schaffte es, den Korken ohne ein Missgeschick zu entfernen. Kaum aber hatte er Vaters Glas gefüllt und sich umgedreht, um Oberleutnant Kotler nachzuschenken, rutschte ihm die Flasche irgendwie aus der Hand, und der Inhalt ergoss sich gluckernd auf die Oberschenkel von Kotler.

Was dann passierte, kam unerwartet und war äußerst unangenehm. Oberleutnant Kotler wurde sehr wütend auf Pavel, und keiner – nicht Bruno, nicht Gretel, nicht Mutter und auch nicht Vater – griff ein, um ihn von dem abzuhalten, was er als Nächstes tat, auch wenn niemand dabei zusehen mochte. Auch wenn es Bruno zum Weinen brachte und Gretel erbleichen ließ.

Später am Abend, als Bruno im Bett lag, überdachte er noch einmal den Vorfall beim Abendessen. Er musste daran denken, wie nett Pavel an jenem Nachmittag mit dem Schaukelunfall zu ihm gewesen war, wie er die Blutung am Knie gestoppt und wie vorsichtig er die grüne

Flüssigkeit aufgetragen hatte. Bruno wusste, dass Vater meistens ein guter und rücksichtsvoller Mensch war, fand es aber ungerecht und falsch, dass niemand Oberleutnant Kotler in seiner Wut auf Pavel gebremst hatte. Wenn solche Dinge in Aus-Wisch passierten, sollte er besser nichts und niemandem widersprechen; im Gegenteil, er würde gut daran tun, den Mund zu halten und kein Durcheinander zu stiften, denn es gab Leute, denen das missfallen könnte.

Sein altes Leben in Berlin kam ihm mittlerweile wie eine weit entfernte Erinnerung vor, und er konnte sich kaum noch entsinnen, wie Karl, Daniel und Martin aussahen. Er wusste nur noch, dass einer von ihnen ein Rotschopf war.

Kapitel vierzehn

EINE ABSOLUT VERNÜNFTIGE LÜGE

Mehrere Wochen lang stahl Bruno sich weiterhin aus dem Haus, sobald Herr Liszt sich nach dem Unterricht verabschiedete und Mutter ihr Nachmittagsnickerchen hielt. Er legte den langen Weg am Zaun entlang zurück, um Schmuel zu treffen, der dort fast jeden Nachmittag auf ihn wartete, im Schneidersitz auf dem Boden saß und den Staub unter sich anstarrte.

Eines Nachmittags hatte Schmuel ein blaues Auge, und als Bruno ihn danach fragte, schüttelte er nur den Kopf und sagte, er wolle nicht darüber reden. Bruno ging davon aus, dass es eben überall brutale Kerle gab, nicht nur in Berliner Schulen, und dass sich einer von ihnen an ihm vergriffen hatte. Er hätte seinem Freund gern geholfen, aber er wusste nicht wie und merkte genau, dass Schmuel die Sache am liebsten vergessen wollte.

Jeden Tag fragte Bruno, ob er unter dem Zaun durchkriechen dürfe, damit sie auf der anderen Seite zusammen spielen könnten, und jeden Tag erwiderte Schmuel nein, das sei keine gute Idee.

»Ich verstehe nicht, warum du so versessen darauf bist, hier herüberzukommen«, sagte Schmuel. »Es ist nicht sehr schön.«

»Du solltest mal in unserem Haus wohnen«, sagte Bruno. »Erstens hat es keine fünf Stockwerke, sondern nur drei. Wie soll man auf so engem Raum leben?« Er hatte Schmuels Geschichte von den elf Menschen vergessen, die alle in einem Raum wohnten, bevor sie nach Aus-Wisch gekommen waren, und auch den Jungen Luka, der ihn immer schlug, obwohl er gar nichts gemacht hatte.

Eines Tages fragte Bruno, warum Schmuel und alle anderen jenseits des Zauns die gleichen gestreiften Anzüge und Stoffmützen trugen.

»Die haben sie uns gegeben, als wir herkamen«, erklärte Schmuel. »Unsere eigenen Sachen haben sie uns weggenommen.«

»Aber wachst du nicht manchmal morgens auf und möchtest gern was anderes anziehen? In deinem Schrank muss doch noch mehr sein.«

Schmuel blinzelte und öffnete den Mund, um etwas zu sagen, überlegte es sich aber anders.

»Eigentlich mag ich keine Streifen«, sagte Bruno, obwohl es gar nicht stimmte. Im Gegenteil, ihm gefielen Streifen, und er hatte es zunehmend satt, dass er Hosen, Hemden, Krawatten und Schuhe tragen musste, die ihm zu klein waren, während Schmuel und seine Freunde den ganzen Tag lang gestreifte Pyjamas tragen durften.

Ein paar Tage später wachte Bruno auf, und zum ersten Mal seit Wochen regnete es heftig. Irgendwann nachts hatte es angefangen, und Bruno meinte sogar, vom Regen wach geworden zu sein, aber er wusste es nicht genau, denn wenn man erst einmal wach war, konnte man den Grund dafür nicht mehr feststellen. Als er an jenem Morgen frühstückte, regnete es weiter. Den ganzen Vormittag im Unterricht bei Herrn Liszt regnete es weiter. Beim Mittagessen regnete es weiter. Und als sie nachmittags eine weitere Geschichts- und Erdkundestunde beendeten, regnete es immer noch. Das war schlecht, denn das hieß, er konnte das Haus nicht verlassen und Schmuel treffen.

An jenem Nachmittag lag Bruno mit einem Buch auf seinem Bett und es fiel ihm schwer, sich zu konzentrieren, da platzte der hoffnungslose Fall herein und wollte ihn besuchen. Sie kam nicht oft in Brunos Zimmer, weil sie in ihrer Freizeit lieber ihre Puppensammlung ordnete und umgruppierte. Doch das Regenwetter hatte ihr irgendwie die Lust am Spiel verleidet und sie wollte sich mit etwas anderem beschäftigen.

»Was willst du?«, fragte Bruno.

»Das ist ja eine nette Begrüßung«, entgegnete Gretel.

»Ich lese«, sagte Bruno.

»Was liest du denn?«, wollte sie wissen, doch statt einer Antwort hielt er ihr nur den Umschlag hin, damit sie es sehen konnte.

Sie gab ein verächtliches Zischen von sich, und ein bisschen von ihrer Spucke landete in Brunos Gesicht. »Langweilig«, sagte sie mit monotoner Stimme.

»Überhaupt nicht langweilig«, sagte Bruno. »Das ist eine Abenteuergeschichte. Besser als Puppen, so viel steht fest.«

Gretel sprang nicht darauf an. »Was machst du da?«, wiederholte sie, was Bruno noch mehr ärgerte.

»Ich hab's dir doch gesagt, ich versuche zu lesen«, erwiderte er grantig. »Wenn ein gewisser Jemand mich vielleicht lassen würde.«

»Ich weiß nicht, was ich machen soll«, sagte sie. »Ich hasse den Regen.«

Bruno fiel es schwer, das zu verstehen. Nicht dass sie sonst viel gemacht hätte, im Gegensatz zu ihm, der Abenteuer erlebte und Orte erforschte und einen Freund gefunden hatte. Überhaupt ging sie nur ganz selten aus dem Haus. Es war, als hätte sie beschlossen, sich zu langweilen, weil ihr jetzt schlicht nichts anderes übrig blieb, als im Haus zu bleiben. Trotzdem gab es Momente, in denen Geschwister ihre Folterinstrumente vorübergehend beiseite legen und wie zivilisierte Menschen miteinander reden können, und Bruno beschloss, dass dies ein solcher Moment werden sollte.

»Ich kann den Regen auch nicht leiden«, sagte er. »Eigentlich sollte ich jetzt bei Schmuel sein. Er wird denken, ich habe ihn vergessen.«

Die Worte waren ihm schneller herausgerutscht, als er sie aufhalten konnte. Er spürte ein Stechen im Bauch und war wütend auf sich selbst, weil er das gesagt hatte.

»Du solltest bei wem sein?«, fragte Gretel.

»Wie bitte?«, fragte Bruno und blinzelte sie an.

»Bei wem, hast du gesagt, solltest du sein?«, wiederholte sie.

»Tut mir leid«, sagte Bruno und versuchte schnell nachzudenken. »Ich hab dich nicht ganz verstanden. Könntest du es nochmal sagen?«

»*Bei wem, hast du gesagt, solltest du sein?*«, schrie sie und beugte sich vor, damit es diesmal kein Missverständnis geben konnte.

»Ich habe nie gesagt, dass ich bei jemandem sein sollte«, erklärte er.

»Doch, hast du. Du hast gesagt, jemand würde denken, du hast ihn vergessen.«

»Wie bitte?«

»Bruno!«, sagte sie drohend.

»Bist du verrückt?«, fragte er, denn sie sollte denken, dass sie sich alles nur eingebildet hatte. Da Bruno aber kein geborener Schauspieler war wie Großmutter, klang er nicht sehr überzeugend, so dass Gretel nur den Kopf schüttelte und mit einem Finger auf ihn zeigte.

»Was hast du eben gesagt, Bruno?«, bohrte sie weiter. »Du hast gesagt, da wäre jemand, bei dem du sein solltest. Wer ist das? Sag's mir. Hier ist niemand, mit dem du spielen könntest, oder?«

Bruno überdachte das Dilemma, in dem er sich befand. Einerseits hatten seine Schwester und er etwas Wesentliches gemeinsam: Sie waren keine Erwachsenen. Und obwohl er Gretel noch nie gefragt hatte, bestand durchaus die Möglichkeit, dass sie sich in Aus-Wisch genauso einsam fühlte wie er. In Berlin hatte sie Hilda, Isobel und Louise zum Spielen gehabt, die vielleicht nervige Mädchen waren, aber letztlich ihre Freundinnen. Hier hatte sie niemanden außer ihren leblosen Puppen. Wer wusste schon, wie verrückt Gretel am Ende war? Vielleicht dachte sie, die Puppen würden mit ihr reden.

Gleichzeitig aber war nicht von der Hand zu weisen, dass Schmuel *sein* Freund war, nicht ihrer, und er wollte ihn nicht teilen. Folglich gab es nur eine Möglichkeit, er musste lügen.

»Ich habe einen neuen Freund«, setzte er an. »Einen neuen Freund, den ich jeden Tag treffe. Und der wartet jetzt auf mich. Aber das darfst du keinem erzählen.«

»Warum nicht?«

»Weil es ein eingebildeter Freund ist«, sagte Bruno und versuchte möglichst verlegen auszusehen, genau wie Oberleutnant Kotler neulich, als er sich in die Geschichte über seinen Vater in der Schweiz verstrickte. »Wir spielen jeden Tag zusammen.«

Gretel sperrte den Mund auf und starrte ihn an, ehe sie loslachte. »Ein eingebildeter

Freund!«, rief sie. »Bist du nicht ein bisschen zu groß für einen eingebildeten Freund?«

Bruno versuchte beschämt und verlegen auszusehen, um seine Geschichte noch glaubhafter zu machen. Er wand sich auf dem Bett und wich ihrem Blick aus, was prima funktionierte und ihn zu dem Schluss kommen ließ, dass er letztendlich doch kein so schlechter Schauspieler war. Er wäre unheimlich gern rot geworden, aber das war nicht ganz einfach, und so dachte er an peinliche Dinge, die ihm im Laufe der Jahre passiert waren, und hoffte, sie könnten ihm zum Erfolg verhelfen.

Er dachte daran, wie er einmal vergessen hatte, die Badezimmertür abzuschließen, und Großmutter hereingekommen war und alles sehen konnte. Er dachte daran, wie er sich einmal im Unterricht gemeldet und die Lehrerin mit *Mutter* angesprochen hatte, worauf die ganze Klasse in brüllendes Lachen ausgebrochen war. Er dachte daran, wie er einmal vor einer Mädchengruppe vom Fahrrad gefallen war, als er einen speziellen Trick ausprobieren wollte, und er sich dabei das Knie aufgeschlagen und geweint hatte.

Eine dieser Erinnerungen erfüllte ihren Zweck, und sein Gesicht wurde langsam rot.

»Sieh mal einer an«, sagte Gretel und bestätigte es. »Du bist ganz rot geworden.«

»Weil ich es dir eigentlich nicht erzählen wollte«, sagte Bruno.

»Ein eingebildeter Freund. Ehrlich, Bruno, du bist ein hoffnungsloser Fall.«

Bruno lächelte, denn ihm waren zwei Dinge klar. Erstens war er mit seiner Lüge davongekommen und zweitens stand fest, wenn hier jemand ein hoffnungsloser Fall war, dann bestimmt nicht er.

»Lass mich in Frieden«, sagte er. »Ich will mein Buch lesen.«

»Und warum legst du dich nicht hin, schließt die Augen und lässt es dir von deinem eingebildeten Freund vorlesen?«, fragte Gretel und war ganz begeistert von sich, weil sie jetzt etwas gegen ihn in der Hand hatte und gar nicht daran dachte, die Sache schnell auf sich beruhen zu lassen. »Das spart dir die Arbeit.«

»Vielleicht sollte ich ihn losschicken, damit er deine Puppen aus dem Fenster wirft«, sagte er.

»Wenn du das machst, gibt es Ärger«, entgegnete Gretel, und Bruno merkte, sie meinte es ernst. »Eins würde mich interessieren, Bruno. Was macht deinen eingebildeten Freund so besonders? Womit beschäftigt ihr euch?«

Bruno überlegte. Insgeheim wusste er, dass er gern ein bisschen von Schmuel erzählt hätte und sich jetzt eine Möglichkeit dazu bot, ohne dass er Gretel die Wahrheit über seine tatsächliche Existenz sagen musste.

»Wir reden über alles Mögliche«, sagte er zu Gretel. »Ich erzähle ihm von unserem Haus in Berlin, von den vielen anderen Häusern und Straßen, von den Obst- und Gemüseständen und Cafés, und dass man am Samstagnachmittag nicht in die Stadt gehen sollte, wenn man nicht von Pontius zu Pilatus geschoben werden will. Und ich erzähle ihm von Karl und Daniel und Martin und dass sie meine drei allerbesten Freunde waren.«

»Wie interessant«, sagte Gretel sarkastisch, denn vor kurzem war sie dreizehn geworden und fand, dass Sarkasmus der Gipfel an Reife war. »Und was erzählt er dir?«

»Er erzählt mir von seiner Familie und dem Uhrengeschäft, über dem er früher gewohnt hat, und wie abenteuerlich es war, hierher zu kommen. Er erzählt von seinen früheren Freunden und den Leuten, die er hier kennt, von den Jungen, mit denen er immer gespielt hat, es jetzt aber nicht mehr kann, weil sie einfach verschwunden sind, ohne sich von ihm zu verabschieden.«

»Klingt ja irrsinnig lustig«, sagte Gretel. »Wenn er doch bloß *mein* eingebildeter Freund wäre.«

»Und gestern hat er mir erzählt, dass sein Großvater seit Tagen verschwunden ist und niemand weiß, wo er ist, und immer wenn er seinen Vater nach ihm fragt, fängt der zu weinen an und umarmt ihn so fest, dass er Angst hat, er könnte ihn erdrücken.«

Als Bruno den Satz beendete, merkte er, dass seine Stimme ganz leise geworden war. Schmuel hatte ihm das alles *tatsächlich* erzählt, doch aus irgendeinem Grund hatte er gestern nicht richtig begriffen, wie traurig sein Freund darüber gewesen sein musste. Als er jetzt alles wiederholte, fand er es schlimm, dass er nichts Aufmunterndes zu Schmuel gesagt, sondern mit etwas Albernem wie neue Orte erforschen angefangen hatte. *Dafür muss ich mich morgen entschuldigen*, nahm er sich vor.

»Wenn Vater wüsste, dass du mit eingebildeten Freunden redest, wärst du geliefert«, sagte Gretel. »Ich finde, du solltest damit aufhören.«

»Warum?«, fragte Bruno.

»Weil es nicht gesund ist«, sagte sie. »Es ist das erste Anzeichen für Wahnsinn.«

Bruno nickte. »Ich glaube, ich kann nicht

aufhören«, sagte er nach einer langen Pause. »Ich glaube, ich will es auch gar nicht.«

»Trotzdem«, sagte Gretel, die mit jeder Sekunde freundlicher wurde. »Ich an deiner Stelle würde es für mich behalten.«

»Ja«, sagte Bruno und bemühte sich, traurig auszusehen. »Wahrscheinlich hast du recht. Du verrätst es keinem, abgemacht?«

Sie schüttelte den Kopf. »Nein. Außer meinem eingebildeten Freund.«

Bruno hielt den Atem an. »Hast du einen?«, fragte er und stellte sich vor, wie Gretel sich an einem anderen Teil des Zauns mit einem Mädchen in ihrem Alter unterhielt und die beiden stundenlang sarkastisch daherredeten.

»Nein«, sagte sie und lachte. »Ich bin dreizehn, Himmel nochmal! Ich kann mir nicht erlauben, mich wie ein Kind aufzuführen, im Gegensatz zu dir.«

Mit diesen Worten stolzierte sie aus dem Zimmer, und Bruno hörte, wie sie im Zimmer auf der anderen Flurseite ihre Puppen ausschimpfte, weil sie ihnen nur den Rücken zukehren musste, und schon geriet alles durcheinander und ihr blieb nichts anderes übrig, als sie neu zu ordnen, und ob sie sich vielleicht einbildeten, dass sie nichts Besseres zu tun hatte?

»Leute gibt's!«, sagte sie laut, ehe sie sich an die Arbeit machte.

Bruno versuchte weiterzulesen, aber fürs Erste hatte er das Interesse verloren. Er starrte in den Regen hinaus und fragte sich, ob Schmuel, wo immer er war, auch an ihn dachte und ob ihm ihre Unterhaltungen genauso sehr fehlten wie ihm.

Kapitel fünfzehn

Ein Fehler

Mehrere Wochen lang regnete es immer wieder, und so konnten Bruno und Schmuel sich nicht so oft treffen, wie es ihnen lieb gewesen wäre. Und wenn sie sich sahen, stellte Bruno besorgt fest, dass sein Freund von Tag zu Tag noch dünner zu werden schien und sein Gesicht immer grauer wurde. Manchmal nahm er mehr Brot und Käse für Schmuel mit, und gelegentlich gelang es ihm sogar, ein Stück Schokoladenkuchen in seiner Tasche zu verstecken. Doch es war ein langer Weg vom Haus zu der Stelle im Zaun, wo die beiden Jungen sich trafen, und unterwegs bekam Bruno manchmal Hunger und merkte, wie ein Bissen von dem Kuchen zum nächsten führte, der dann wiederum zu einem weiteren führte, bis nur noch ein kleiner Rest übrig war, den er Schmuel nicht anbieten mochte, weil das seinen Hunger nur angestachelt und nicht gestillt hätte.

Vaters Geburtstag stand kurz bevor, und obwohl er kein Aufhebens darum machen wollte, organisierte Mutter eine Feier für alle Offiziere, die in Aus-Wisch dienten, und veranstaltete einen Riesenwirbel bei den Vorbereitungen. Sobald sie sich hinsetzte und neue Pläne für das Fest schmiedete, stand Oberleutnant Kotler ihr hilfreich zur Seite, und sie schienen mehr Listen aufzustellen, als jemals gebraucht werden konnten.

Bruno beschloss, eine eigene Liste aufzustellen. Eine Liste, die alle Punkte aufzählte, warum er Oberleutnant Kotler nicht leiden konnte.

Da war einmal die Tatsache, dass er nie lachte und immer aussah, als suchte er jemanden, den er aus seinem Testament streichen könnte.

Bei den seltenen Gelegenheiten, wenn er mit Bruno redete, sagte er zu ihm *kleiner Mann*, was einfach nur fies war, denn Mutter betonte immer, er hätte eben noch keinen richtigen Wachstumsschub gehabt.

Ganz zu schweigen von der Tatsache, dass er mit Mutter oft im Wohnzimmer war und Scherze mit ihr machte, über die sie lauter lachte als über die von Vater.

Als Bruno einmal das Lager von seinem Zimmerfenster aus beobachtete, sah er einen Hund, der sich dem Zaun näherte und dann laut bellte, und als Oberleutnant Kotler ihn hörte, marschiert er geradewegs auf den Hund zu und erschoss ihn. Dazu kam noch der ganze Unsinn, den Gretel absonderte, wenn er in der Nähe war.

Außerdem hatte Bruno auch nicht den Abend mit Pavel vergessen, dem Kellner, der eigentlich Arzt war, und wie wütend der junge Oberleutnant auf ihn gewesen war.

Und immer, wenn Vater nach Berlin gerufen wurde und dort übernachten musste, hing Kotler im Haus herum, als führte er das Kommando: Er war da, wenn Bruno ins Bett ging, und morgens schon wieder im Haus, bevor Bruno aufwachte.

Es gab noch viele andere Gründe, warum Bruno Oberleutnant Kotler nicht leiden konnte, aber diese Punkte fielen ihm zuerst ein.

Am Nachmittag vor der Geburtstagsfeier war Bruno in seinem Zimmer und die Tür stand offen, als er Oberleutnant Kotler ins Haus kommen und mit jemandem reden hörte, obwohl niemand etwas erwiderte. Als er ein paar Minuten später nach unten ging, hörte er, wie

Mutter Anweisungen gab, was noch erledigt werden musste, worauf Oberleutnant Kotler sagte: »Keine Sorge, ich weiß schon, was Sache ist«, und dann lachte er unverschämt.

Bruno war mit einem neuen Buch namens *Die Schatzinsel*, das ihm Vater geschenkt hatte, auf dem Weg ins Wohnzimmer und wollte dort ein oder zwei Stunden lesen, doch im Flur traf er Oberleutnant Kotler, der gerade aus der Küche kam.

»Hallo, kleiner Mann«, sagte er und sah ihn wie immer verächtlich an.

»Hallo«, sagte Bruno missgelaunt.

»Was hast du denn vor?«

Bruno starrte ihn an und überlegte sich schon sieben weitere Gründe, warum er ihn nicht ausstehen konnte. »Ich will da rein und mein Buch lesen«, sagte er und zeigte zum Wohnzimmer.

Wortlos riss Kotler Bruno das Buch aus den Händen und blätterte es durch. »*Die Schatzinsel*«, sagte er. »Wovon handelt das denn?«

»Na ja, von einer Insel«, sagte Bruno langsam, um sicherzugehen, dass der Soldat ihm folgen konnte. »Und auf der ist ein Schatz.«

»Das hätte ich mir denken können«, sagte Kotler und sah ihn an, als gäbe es einiges, was er mit ihm anstellen würde, wenn Bruno sein

Sohn wäre und nicht der des Kommandanten. »Erzähl mir lieber, was ich nicht weiß.«

»Ein Pirat kommt noch vor«, sagte Bruno. »Er heißt Long John Silver. Und ein Junge namens Jim Hawkins.«

»Ein englischer Junge?«, fragte Kotler.

»Ja«, entgegnete Bruno.

»*Grunz*«, grunzte Kotler.

Bruno starrte ihn an und überlegte, wann ihm Kotler wohl endlich das Buch zurückgeben würde. Es schien ihn nicht besonders zu interessieren, doch als Bruno danach griff, zog er es weg.

»Tut mir leid«, sagte er, hielt es ihm wieder hin, und als Bruno danach griff, zog er es zum zweiten Mal weg. »Ach, tut mir wirklich leid«, wiederholte er und hielt es ihm wieder hin, und diesmal war Bruno schneller und riss es ihm aus der Hand.

»Bist du aber schnell«, nuschelte Oberleutnant Kotler durch die Zähne.

Bruno wollte an ihm vorbei, aber aus irgendeinem Grund schien Oberleutnant Kotler heute mit ihm reden zu wollen.

»Und, sind wir bereit für die Feier?«, fragte er.

»*Ich* schon«, erwiderte Bruno, der neuerdings mehr Zeit mit Gretel verbrachte und eine Vorliebe für sarkastische Bemerkungen entwickelt hatte. »Für Sie kann ich natürlich nicht sprechen.«

»Es werden viele Leute da sein«, sagte Oberleutnant Kotler, holte tief Luft und sah sich um, als befände er sich in seinem Haus und nicht in Brunos. »Und, werden wir uns von unserer besten Seite zeigen?«

»*Ich* schon«, erwiderte Bruno. »Für Sie kann ich natürlich nicht sprechen.«

»Für so einen kleinen Mann nimmst du den Mund ganz schön voll«, sagte Oberleutnant Kotler.

Bruno kniff die Augen zusammen und wäre gern größer, stärker und acht Jahre älter gewesen. Eine geballte Ladung Wut explodierte in ihm und weckte in ihm den Wunsch, dass er den Mut aufbringen könnte, Kotler offen die Meinung zu sagen. Es war eine Sache, wenn seine Eltern ihm erklärten, was er zu tun hatte – das war absolut vernünftig und normal –, aber es war etwas ganz anderes, wenn ein Fremder ihm etwas vorschreiben wollte. Selbst jemand mit einem vornehmen Titel wie *Oberleutnant*.

»Ach, Kurt, mein Teurer, du bist ja noch da«,

sagte Mutter und trat aus der Küche auf sie zu. »Ich hätte jetzt ein bisschen Zeit, wenn … Oh!«, sagte sie, als sie Bruno bei Kotler stehen sah. »Bruno! Was machst du denn hier?«

»Ich wollte ins Wohnzimmer und mein Buch lesen«, sagte Bruno. »Zumindest habe ich das versucht.«

»Hör mal, geh kurz in die Küche«, sagte sie. »Ich muss mit Oberleutnant Kotler unter vier Augen reden.«

Dann gingen sie zusammen ins Wohnzimmer, und Kotler machte Bruno die Tür vor der Nase zu.

Kochend vor Wut ging Bruno in die Küche und erlebte die Überraschung seines Lebens. Dort saß, weit entfernt von der anderen Zaunseite, Schmuel am Tisch. Bruno traute kaum seinen Augen.

»Schmuel!«, sagte er. »Was machst du hier?«

Schmuel blickte auf, und sein verängstigtes Gesicht öffnete sich zu einem breiten Grinsen, als er seinen Freund dastehen sah. »Bruno!«, rief er.

»Was machst du hier?«, wiederholte Bruno. Er verstand zwar noch immer nicht ganz, was sich auf der anderen Seite des Zauns abspielte, aber die Leute dort hatten etwas an sich, das ihm sagte, sie sollten lieber nicht bei ihm zu Hause sein.

»Er hat mich hergebracht«, sagte Schmuel.

»Er?«, fragte Bruno. »Du meinst doch nicht Oberleutnant Kotler?«

»Doch. Er hat gesagt, hier gäbe es Arbeit für mich.«

Als Bruno den Blick senkte, sah er auf dem Küchentisch vierundsechzig kleine Gläser, eine Schüssel mit Seifenlauge und jede Menge Papierservietten. Mutter benutzte die Gläser immer, wenn sie einen ihrer medizinischen Sherrys trank.

»Was um Himmels willen machst du da?«, fragte Bruno.

»Ich soll die Gläser polieren«, erwiderte Schmuel. »Sie haben gesagt, sie brauchen jemand mit dünnen Fingern.«

Wie zum Beweis und als wüsste Bruno es nicht längst, streckte Schmuel die Hand aus, und Bruno musste unwillkürlich an die Hand des Skeletts denken, das Herr Liszt eines Tages mitgebracht hatte, als sie den menschlichen Körperbau durchnahmen.

»Das ist mir noch nie aufgefallen«, sagte er ungläubig, fast zu sich selbst.

»Was ist dir noch nie aufgefallen?«, fragte Schmuel.

Zur Antwort streckte Bruno seine Hand aus, so dass sich die Spitzen ihrer Mittelfinger fast berührten. »Unsere Hände«, sagte er. »Sie sind ganz unterschiedlich. Sieh nur!«

Die beiden Jungen senkten gleichzeitig den Blick, der Unterschied war leicht zu erkennen. Obwohl Bruno für sein Alter klein war und ganz sicher nicht dick, sahen seine Hände gesund und lebendig aus. Die Adern schimmerten nicht durch die Haut, die Finger sahen nicht aus wie verkümmerte Zweige. Schmuels Hand dagegen erzählte eine völlig andere Geschichte.

»Wie ist deine Hand so geworden?«, fragte er.

»Ich weiß nicht«, sagte Schmuel. »Früher sah sie eher aus wie deine, aber mir ist nicht aufgefallen, wann sich das geändert hat. Auf meiner Zaunseite sehen alle so aus.«

Bruno runzelte die Stirn. Er dachte an die Menschen in den gestreiften Anzügen und fragte sich, was in Aus-Wisch vor sich ging und ob es nicht etwas sehr Schlimmes sein musste, wenn die Menschen davon so ungesund aussahen. Nichts von alldem ergab einen Sinn für ihn. Da er Schmuels Hand nicht mehr länger sehen wollte, drehte er sich um, öffnete den Kühlschrank und durchsuchte ihn nach etwas Essbarem. Vom Mittagessen war noch ein halbes Huhn mit Füllung übrig, und Brunos Augen erstrahlten vor Glück, denn es gab nicht viel im Leben, was er mehr liebte als kaltes Huhn mit Salbei-Zwiebel-Füllung. Er holte ein Messer aus der Schublade, schnitt ein paar ordentliche Scheiben ab und garnierte sie mit der Füllung, bevor er sich wieder seinem Freund zuwandte.

»Ich freue mich sehr, dass du hier bist«, sagte er mit vollem Mund. »Wenn du die Gläser nicht polieren müsstest, könnte ich dir mein Zimmer zeigen.«

»Er hat gesagt, ich darf mich nicht vom Fleck rühren, sonst gibt es Ärger.«

»Darauf würde ich nichts geben«, sagte Bruno, darum bemüht, tapferer zu sein, als er es in Wirklichkeit war. »Schließlich ist das nicht sein Haus, sondern meins, und wenn Vater weg ist, führe ich das Kommando. Kannst du dir vorstellen, dass er noch nie *Die Schatzinsel* gelesen hat?«

Schmuel sah aus, als hörte er gar nicht richtig zu. Seine Augen waren auf die Hühnchenscheiben mit der Füllung fixiert, die Bruno sich munter in den Mund steckte. Sekunden später merkte Bruno, was Schmuel so anstarrte, und er bekam sofort Gewissensbisse.

»Entschuldige, Schmuel«, sagte er schnell. »Ich hätte dir auch was von dem Hühnchen geben sollen. Hast du Hunger?«

»Das ist eine Frage, die du mir nie stellen musst«, sagte Schmuel, dem Sarkasmus auch nicht fremd war, obwohl er Gretel nie getroffen hatte.

»Warte kurz, ich schneide dir was ab«, sagte Bruno, öffnete den Kühlschrank und schnitt noch drei ordentliche Scheiben ab.

»Nein, wenn er zurückkommt …«, sagte Schmuel, schüttelte schnell den Kopf und sah dabei zur Tür.

»Wenn wer zurückkommt? Du meinst nicht etwa Oberleutnant Kotler?«

»Ich soll nur die Gläser polieren«, sagte Schmuel. Er schaute verzweifelt auf die Wasserschüssel vor ihm und dann auf die Hühnchenscheiben, die Bruno ihm hinhielt.

»Das stört ihn doch nicht«, sagte Bruno, den Schmuels ängstliches Verhalten verwirrte. »Ist doch nur Essen.«

»Ich darf nicht«, sagte Schmuel, schüttelte den Kopf und sah aus, als würde er gleich weinen. »Er kommt zurück, ich weiß es genau«, fuhr er fort, die einzelnen Worte folgten rasch aufeinander. »Ich hätte gleich essen sollen, als du es mir angeboten hast, jetzt ist es zu spät, wenn ich es nehme, kommt er bestimmt herein und ...«

»Schmuel! Nimm schon!«, sagte Bruno. Er trat vor und legte seinem Freund die Hühnchenscheiben in die Hand. »Iss einfach. Uns bleibt noch genug fürs Abendessen – mach dir darüber keine Gedanken.«

Der Junge starrte kurz das Essen in seiner Hand an, dann sah er mit großen und dankbaren, aber völlig verängstigten Augen zu Bruno auf. Er warf noch einen Blick zur Tür, und dann schien er eine Entscheidung zu treffen, denn er steckte sich alle drei Scheiben auf einmal in den Mund und verschlang sie in knapp zwanzig Sekunden.

»Du darfst nicht so schnell essen«, sagte Bruno. »Sonst wird dir schlecht.«

»Mir egal«, sagte Schmuel und lächelte zaghaft. »Danke, Bruno.«

Bruno lächelte zurück und wollte Schmuel gerade noch mehr anbieten, doch im selben Moment kam Oberleutnant Kotler in die Küche und blieb stehen, als er die beiden Jungen miteinander reden sah. Bruno starrte ihn an und spürte, wie die Luft dick wurde. Er sah, wie Schmuel mit hängenden Schultern nach einem Glas griff und es langsam polierte. Oberleutnant Kotler, der Bruno ignorierte, marschierte zu Schmuel und funkelte ihn böse an.

»Was machst du da?«, schrie er. »Habe ich dir nicht gesagt, du sollst Gläser polieren?«

Schmuel nickte rasch und fing leicht zu zittern an, als er eine Serviette nahm und sie ins Wasser tauchte.

»Wer hat dir erlaubt, in diesem Haus zu reden?«, fuhr Kotler fort. »Du wagst es wirklich, dich mir zu widersetzen?«

»Nein, Herr«, sagte Schmuel leise. »Tut mir leid, Herr.«

Er sah zu Oberleutnant Kotler hoch, der die Stirn runzelte, sich leicht vorbeugte und den Kopf schräg legte, um das Gesicht des Jungen zu untersuchen. »Hast du etwas gegessen?«, fragte er ihn mit leiser Stimme, als könne er es einfach nicht fassen.

Schmuel schüttelte den Kopf.

»Du hast sehr wohl gegessen«, behauptete Oberleutnant Kotler. »Hast du etwas aus dem Kühlschrank gestohlen?«

Schmuel öffnete den Mund und schloss ihn wieder. Er öffnete ihn erneut und suchte nach

Worten, aber er fand keine. Er schaute hilfe-suchend zu Bruno.

»Antworte mir!«, brüllte Oberleutnant Kot-ler. »Hast du etwas aus dem Kühlschrank ge-stohlen?«

»Nein, Herr. Er hat es mir gegeben«, sagte Schmuel, und in seinen Augen schimmerten Tränen, als er Bruno einen Seitenblick zuwarf. »Er ist mein Freund«, fügte er hinzu.

»Dein …?«, setzte Oberleutnant Kotler an und schaute verwirrt zu Bruno. Er zögerte. »Was soll das heißen, er ist dein Freund?«, fragte er. »Kennst du den Jungen, Bruno?«

Bruno stand mit offenem Mund da und ver-suchte sich zu erinnern, wie man die Lippen bewegen muss, um das Wort *Ja* zu sagen. Noch nie hatte er jemanden gesehen, der so verängs-tigt aussah wie Schmuel jetzt, und er wollte gern das Richtige sagen, um die Situation zu retten, aber dann begriff er, dass er es nicht konnte. Er hatte nämlich genauso große Angst wie Schmuel.

»Kennst du den Jungen?«, wiederholte Kot-ler noch lauter. »Hast du mit dem Gefangenen geredet?«

»Ich … er war da, als ich reinkam«, sagte Bruno. »Er hat Gläser geputzt.«

»Das war nicht meine Frage«, sagte Kotler. »Hast du ihn schon vorher gesehen? Hast du mit ihm gesprochen? Warum sagt er, du bist sein Freund?«

Bruno wäre am liebsten davongelaufen. Er hasste Oberleutnant Kotler, aber der kam jetzt auf ihn zu, und Bruno konnte nur noch an den Nachmittag denken, als er ihn den Hund hatte erschießen sehen, und an den Abend, als er sich so über Pavel geärgert hatte, dass er …

»Sag's mir, Bruno!«, brüllte Kotler mit rot angelaufenem Gesicht. »Ein drittes Mal frage ich dich nicht.«

»Ich habe nicht mit ihm gesprochen«, sagte Bruno. »Ich habe ihn noch nie im Leben gesehen. Ich kenne ihn nicht.«

Oberleutnant Kotler nickte, die Antwort schien ihn zu befriedigen. Ganz langsam wandte er den Kopf wieder zu Schmuel, der jetzt nicht mehr weinte, nur auf den Fußboden starrte und aussah, als wollte er seine Seele überreden, nicht mehr in seinem dünnen Körper weiterzuleben, sondern zu entschlüpfen und durch die Tür zu entschweben, um sich sodann in den Himmel zu erheben und durch die Wolken zu gleiten, bis sie sehr weit weg war.

»Du putzt jetzt die Gläser fertig«, sagte Oberleutnant Kotler ganz leise, so leise, dass Bruno ihn kaum verstand. Es war, als hätte sich seine ganze Wut in etwas anderes verwandelt. Nicht ganz in das Gegenteil, aber in etwas Unerwartetes und Schreckliches. »Und dann komme ich dich abholen und bringe dich ins Lager zurück, wo wir uns darüber unterhalten werden, was mit kleinen Dieben passiert. Hast du das verstanden?«

Schmuel nickte, nahm wieder eine Serviette und polierte das nächste Glas. Bruno sah, wie seine Finger zitterten und wusste, dass Schmuel Angst hatte, es könnte zerbrechen. Ihm wurde ganz schwer ums Herz, aber er konnte den Blick einfach nicht abwenden.

»Komm mit, kleiner Mann«, sagte Oberleutnant Kotler. Er kam zu Bruno und legte ihm aufdringlich einen Arm um die Schulter. »Geh jetzt ins Wohnzimmer und lass diesen kleinen … seine Arbeit fertig machen.« Er benutzte das gleiche Wort, das er zu Pavel gesagt hatte, als er ihn damals zum Reifensuchen losgeschickt hatte.

Bruno nickte, drehte sich um und verließ die Küche, ohne sich noch einmal umzudrehen. In seinem Magen rumorte es, und er dachte schon, ihm würde gleich übel. Noch nie im Leben hatte er sich so geschämt; nie hätte er geglaubt, dass er sich so gemein verhalten könnte. Er überlegte, wie ein Junge, der sich für einen guten Menschen hielt, dermaßen feige einem Freund gegenüber sein konnte. Ein paar Stunden lang saß er im Wohnzimmer, konnte sich aber nicht auf sein Buch konzentrieren und traute sich erst später am Abend wieder in die Küche, als Oberleutnant Kotler bereits zurückgekommen war, Schmuel abgeholt und wieder ins Lager gebracht hatte.

An den folgenden Nachmittagen ging Bruno zu der Stelle im Zaun, wo sie sich begegnet waren, aber Schmuel war nie da. Nach einer knappen Woche war er überzeugt, dass er etwas sehr Schlimmes getan hatte, was unverzeihlich war, und so freute er sich umso mehr, als Schmuel am siebenten Tag auf ihn wartete; er saß wie gewohnt im Schneidersitz da und starrte in den Staub.

»Schmuel«, rief Bruno. Dann rannte er zu ihm, setzte sich und weinte fast vor Erleichterung und Reue. »Es tut mir so leid, Schmuel. Ich weiß nicht, warum ich das getan habe. Sag, dass du mir verzeihst.«

»Ist schon gut«, sagte Schmuel und sah jetzt

hoch. Sein Gesicht war voller blauer Flecken. Bruno zuckte zusammen und vergaß fast seine Entschuldigung.

»Was ist mit dir passiert?«, fragte er, wartete die Antwort aber gar nicht ab. »War das ein Fahrradunfall? Mir ist das vor ein paar Jahren in Berlin passiert. Ich bin runtergefallen, weil ich zu schnell gefahren bin, und hatte wochenlang blaue Flecken. Tut es weh?«

»Inzwischen spüre ich nichts mehr«, sagte Schmuel.

»Es sieht aber aus, als würde es wehtun.«

»Ich spüre nichts mehr«, sagte Schmuel.

»Also, das mit letzter Woche tut mir leid«, sagte Bruno. »Ich hasse diesen Oberleutnant Kotler. Er bildet sich ein, er hat das Sagen, aber das stimmt nicht.« Er zögerte kurz, denn er wollte nicht abschweifen. Er wollte es noch einmal sagen und auch wirklich so meinen. »Es tut mir sehr leid, Schmuel«, sagte er mit klarer Stimme. »Ich kann nicht fassen, dass ich ihm nicht die Wahrheit gesagt habe. Noch nie habe ich einen Freund so hängen lassen. Schmuel, ich schäme mich vor mir selber.«

Kaum hatte er das gesagt, lächelte Schmuel und nickte, und da wusste Bruno, dass ihm verziehen war. Und dann machte Schmuel etwas sehr Ungewöhnliches. Er hob den Zaun unten an, wie sonst immer, wenn Bruno ihm etwas zu essen mitbrachte, aber diesmal streckte er seine Hand durch und wartete, bis Bruno das Gleiche tat, und dann gaben sich die beiden Jungen die Hand und lächelten einander an.

Es war das erste Mal, dass sie sich berührten.

Kapitel sechzehn

DER HAARSCHNITT

Fast ein Jahr war vergangen, seit Bruno nach Hause gekommen war und Maria seine Sachen gepackt hatte, und inzwischen waren seine Erinnerungen an die Zeit in Berlin fast verblasst. Wenn er zurückdachte, entsann er sich, dass Karl und Martin zwei seiner drei allerbesten Freunde waren, aber der Name des dritten Jungen fiel ihm um nichts in der Welt mehr ein. Und dann passierte etwas, das es ihm ermöglichte, Aus-Wisch für zwei Tage verlassen und nach Berlin zurückkehren zu können: Großmutter war gestorben, und die Familie musste zur Beerdigung nach Hause fahren.

In Berlin stellte Bruno fest, dass er nicht mehr so klein war wie vor einem Jahr, denn er konnte über Gegenstände hinwegsehen, über die er früher nicht hatte hinwegsehen können, und in ihrem alten Haus konnte er durch das Fenster im oberen Stockwerk sehen und Berlin überblicken, ohne sich auf die Zehenspitzen stellen zu müssen.

Bruno hatte seine Großmutter seit der Abreise aus Berlin nicht mehr gesehen, aber er hatte jeden Tag an sie gedacht. Am deutlichsten in Erinnerung geblieben waren ihm die Stücke, die sie zusammen mit ihm und Gretel an Weihnachten und Geburtstagen aufführte und dass sie immer die passenden Kostüme hatte, egal welche Rolle er spielte. Der Gedanke daran, dass dies nun nie wieder möglich war, machte ihn ungemein traurig.

Auch die zwei Tage, die sie in Berlin verbrachten, waren sehr traurig. Da war die Beerdigung, bei der Bruno mit Gretel, den Eltern und Großvater in der ersten Reihe saß; Vater trug seine stattlichste Uniform, die gestärkte und gebügelte mit den Verzierungen. Vater sei besonders traurig, erklärte Mutter Bruno, weil er mit Großmutter gestritten und sich vor ihrem Tod nicht mehr mit ihr versöhnt hatte.

Es wurden viele Kränze in die Kirche geliefert, und Vater war stolz, dass einer auch vom Furor stammte, doch als Mutter das hörte, sagte sie, Großmutter würde sich im Grab umdrehen, wenn sie das wüsste.

Bruno war beinahe froh, als sie wieder nach Aus-Wisch zurückfuhren. Inzwischen war das Haus dort sein neues Heim geworden, und es kümmerte ihn nicht mehr, dass es nur drei Stockwerke statt fünf hatte, ebenso wenig wie es ihn nicht mehr so störte, dass ständig Soldaten ein- und ausgingen, als gehörte das Haus ihnen. Allmählich dämmerte ihm, dass es dort gar nicht so übel war, besonders seit er Schmuel kannte. Ihm war klar, dass es vieles gab, worüber er sich freuen sollte, beispielsweise dass Vater und Mutter jetzt immer gut gelaunt waren und dass Mutter nicht mehr so oft ihre Nachmittagsnickerchen hielt und Sherry aus medizinischen Gründen trank. Und Gretel durchlief gerade eine Phase – sagte Mutter – und ging ihm meist aus dem Weg.

Darüber hinaus war Oberleutnant Kotler aus Aus-Wisch wegversetzt worden und konnte Bruno folglich nicht ständig ärgern und aufregen. (Seine Abreise war ziemlich schnell vonstatten gegangen, und es hatte deswegen abends viel Streit zwischen Vater und Mutter gegeben, aber er war fort, so viel stand fest, und er würde nicht mehr zurückkommen; Gretel war untröstlich.) Und es gab noch etwas, worüber er sich freute: Jetzt nannte ihn niemand mehr *kleiner Mann*.

Das Beste aber war, dass er einen Freund namens Schmuel hatte.

Er ging gern jeden Nachmittag am Zaun entlang und freute sich, dass sein Freund neuerdings viel glücklicher wirkte und seine Augen nicht so tief in den Höhlen lagen, auch wenn sein Körper nach wie vor lächerlich dünn und sein Gesicht komisch grau war.

Eines Tages, als er an ihrem gewohnten Platz Schmuel gegenübersaß, sagte Bruno: »Das ist die seltsamste Freundschaft, dic ich jemals hatte.«

»Warum?«, fragte Schmuel.

»Weil ich bisher mit allen Jungen, die meine Freunde waren, spielen konnte«, erwiderte er. »Aber wir spielen nie zusammen. Wir sitzen nur immer da und reden.«

»Ich sitze gern hier und rede«, sagte Schmuel.

»Ja, ich natürlich auch«, sagte Bruno. »Aber es ist schade, dass wir nicht manchmal etwas Aufregenderes machen können. Vielleicht die Gegend ein wenig erforschen. Oder Fußball spielen. Wir haben uns noch nie ohne den Stacheldraht zwischen uns gesehen.«

Bruno gab oft solche Bemerkungen von sich, weil er glaubte, damit den Vorfall vor einigen

Monaten, als er seine Freundschaft zu Schmuel geleugnet hatte, ungeschehen machen zu können. Die Sache verfolgte ihn immer noch und stimmte ihn traurig, obwohl Schmuel, das musste man ihm zugute halten, offenbar alles vergessen hatte.

»Vielleicht können wir eines Tages spielen«, sagte Schmuel. »Falls sie uns jemals rauslassen.«

Bruno dachte immer häufiger über die beiden Seiten des Zauns nach und den Grund, warum es ihn überhaupt gab. Er überlegte, ob er mit Vater oder Mutter darüber reden sollte, befürchtete aber, dass sie entweder verärgert über ihn wären, wenn er das Thema erwähnte, oder sie ihm etwas Unangenehmes über Schmuel und seine Familie erzählen würden, daher machte er etwas ziemlich Ungewöhnliches. Er beschloss, mit dem hoffnungslosen Fall zu reden.

Gretels Zimmer hatte sich beträchtlich verändert, seit er zum letzten Mal dort gewesen war. Zum einen war nicht eine einzige Puppe mehr in Sicht. Vor ungefähr einem Monat, um die Zeit, als Oberleutnant Kotler Aus-Wisch verlassen hatte, hatte Gretel eines Nachmittags beschlossen, dass sie keine Puppen mehr haben wollte, und hatte sie alle in vier große Tüten gepackt und weggeworfen. An ihrer Stelle hatte sie Europakarten aufgehängt, die Vater ihr geschenkt hatte, in die sie kleine Nadeln steckte, die sie jeden Tag nach einem Blick in die Zeitung umgruppierte. Bruno dachte, dass sie vielleicht langsam verrückt wurde. Aber zumindest ärgerte und tyrannisierte sie ihn nicht so wie früher, und deswegen fand er, es könnte nicht schaden, mit ihr zu reden.

»Hallo«, sagte er und klopfte höflich an die Tür, weil cr wusste, dass sie immer sauer wurde, wenn er einfach in ihr Zimmer platzte.

»Was willst du?«, fragte Gretel, die an ihrer Frisierkommode saß und mit ihrem Haar experimentierte.

»Nichts«, sagte Bruno.

»Dann verschwinde.«

Bruno nickte, trat aber trotzdem ein und setzte sich seitlich auf ihr Bett. Gretel betrachtete ihn aus dem Augenwinkel, sagte aber nichts.

»Gretel«, sagte er schließlich. »Kann ich dich was fragen?«

»Wenn es schnell geht«, erwiderte sie.

»Alles hier in Aus-Wisch …«, setzte er an, aber sie fiel ihm sofort ins Wort.

»Es heißt nicht Aus-Wisch, Bruno«, sagte sie ärgerlich, als wäre es der schlimmste Fehler, den man überhaupt begehen konnte. »Warum kannst du es nicht richtig aussprechen?«

»Es heißt aber Aus-Wisch«, protestierte er.

»Nein«, behauptete sie und sprach den Namen des Lagers richtig für ihn aus.

Bruno runzelte die Stirn und zuckte gleichzeitig die Schultern. »Genau das habe ich doch gesagt«, meinte er.

»Nein, hast du nicht. Jedenfalls will ich nicht mit dir streiten«, sagte Gretel, die schon jetzt die Geduld verlor, von der sie ohnehin nicht viel hatte. »Worum geht es denn? Was willst du wissen?«

»Ich will etwas über den Zaun wissen«, sagte er entschieden, denn das war für ihn zunächst das Wichtigste. »Ich möchte wissen, warum er dort ist.«

Gretel drehte sich auf ihrem Stuhl um und sah ihn interessiert an. »Heißt das, du weißt es nicht?«, fragte sie.

»Nein«, sagte Bruno. »Ich verstehe nicht, warum wir nicht auf die andere Seite dürfen. Was stimmt nicht mit uns, dass wir nicht hinübergehen und dort spielen dürfen?«

Gretel starrte ihn an, dann lachte sie plötzlich los und hörte erst auf, als sie sah, dass Bruno es absolut ernst meinte.

»Bruno«, sagte sie in einem kindlichen Tonfall, als wäre es die selbstverständlichste Sache der Welt. »Der Zaun ist nicht da, um zu verhindern, dass wir auf die andere Seite gehen. Er soll verhindern, dass sie auf unsere Seite kommen.«

Bruno überdachte ihre Antwort, allerdings leuchtete sie ihm nicht ein. »Aber warum?«, fragte er.

»Weil man sie zusammenhalten muss«, erklärte Gretel.

»Mit ihren Familien, meinst du?«

»Also, ja, mit ihren Familien. Aber auch mit ihresgleichen.«

»Was meinst du mit *ihresgleichen*?«

Gretel seufzte und schüttelte den Kopf. »Mit den anderen Juden, Bruno. Hast du das nicht gewusst? Deswegen muss man sie zusammenhalten. Sie dürfen sich nicht mit uns vermischen.«

»Juden«, sagte Bruno vorsichtig. Ihm gefiel das Wort ganz gut. »Juden«, wiederholte er. »Alle Leute auf der anderen Zaunseite sind Juden.«

»Ja, genau«, sagte Gretel.

»Sind wir auch Juden?«

Gretel fiel die Kinnlade runter, als hätte sie eine Ohrfeige bekommen. »Nein, Bruno«, sagte sie. »Nein, das sind wir ganz bestimmt nicht. Du solltest so was wirklich nicht sagen.«

»Aber warum denn nicht? Was sind wir dann?«

»Wir sind ...«, setzte Gretel an, aber dann unterbrach sie sich und musste nachdenken. »Wir sind ...«, wiederholte sie, aber sie wusste nicht so recht, wie die Antwort auf diese Frage eigentlich lautete. »Wir sind eben keine Juden«, sagte sie schließlich.

»Das weiß ich«, sagte Bruno mutlos. »Aber wenn wir keine Juden sind, was sind wir dann?«

»Das Gegenteil«, sagte Gretel schnell und wirkte zufriedener mit dieser Antwort. »Ja, genau. Wir sind das Gegenteil.«

»Gut«, sagte Bruno und war froh, dass wenigstens diese Frage geklärt war. »Das Gegenteil lebt auf dieser Zaunseite, und die Juden auf der anderen.«

»Genau, Bruno.«

»Mögen die Juden das Gegenteil nicht?«

»Nein, wir mögen sie nicht, Dummkopf.«

Bruno runzelte die Stirn. Immer wieder war Gretel gesagt worden, dass sie ihn nicht Dummkopf nennen durfte, aber sie konnte es nicht lassen.

»Und warum mögen wir sie nicht?«, fragte er.

»Weil sie Juden sind«, erwiderte Gretel.

»Verstehe. Das Gegenteil und die Juden kommen nicht miteinander aus.«

»Nein, Bruno«, bestätigte Gretel, aber sie sagte es langsam, weil sie etwas Komisches in ihrem Haar entdeckt hatte und es sorgfältig untersuchte.

»Aber könnte jemand sie nicht einfach zusammenbringen und …«

Bruno wurde von einem durchdringenden Schrei unterbrochen, den Gretel ausstieß, einem Schrei, der Mutter aus ihrem Nachmittagsnickerchen weckte und ins Zimmer rennen ließ, um nachzusehen, welches ihrer Kinder das andere umgebracht hatte.

Beim Herumexperimentieren mit ihrem Haar hatte Gretel ein winziges Ei entdeckt, nicht größer als ein Stecknadelkopf. Sie zeigte es Mutter, die rasch einzelne Strähnen trennte und das Haar untersuchte, bevor sie zu Bruno marschierte und das Gleiche bei ihm machte.

»Ach je, ich kann es nicht glauben«, sagte Mutter ärgerlich. »Ich wusste, dass so etwas an so einem Ort passieren muss.«

Wie sich herausstellte, hatten Gretel und

Bruno Läuse im Haar. Gretel musste ein spezielles Haarwaschmittel verwenden, das grässlich roch, und hinterher hockte sie in ihrem Zimmer und heulte sich stundenlang die Augen aus.

Bruno benutzte das Mittel ebenfalls, aber dann sagte Vater, dass es bei ihm das Beste wäre, für klare Verhältnisse zu sorgen. Er holte einen Rasierer und stutzte Bruno das Haar, was wiederum Bruno zum Weinen brachte. Er fand es schrecklich, mit anzusehen, wie seine Haare vom Kopf auf den Boden zu seinen Füßen segelten, aber Vater sagte, es ginge nicht anders.

Als Bruno sich hinterher im Badezimmerspiegel betrachtete, wurde ihm übel. Durch die fehlenden Haare sah sein ganzer Kopf verunstaltet aus, und die Augen wirkten zu groß für sein Gesicht. Er fürchtete sich beinahe vor seinem eigenen Spiegelbild.

»Keine Angst«, beruhigte ihn Vater. »Das wächst wieder. Dauert nur ein paar Wochen.«

»Schuld daran ist nur der Schmutz hier«, sagte Mutter. »Wenn ein gewisser Jemand nur endlich begreifen wollte, welche Auswirkungen dieser Ort auf uns alle hat.«

Als Bruno sich im Spiegel betrachtete, fand er, dass er Schmuel jetzt ganz ähnlich sah, und er überlegte, ob die Menschen auf der anderen Seite des Zauns auch alle Läuse hatten und man ihnen deswegen die Köpfe geschoren hatte.

Als Schmuel seinen Freund am nächsten Tag sah, musste er über sein Aussehen lachen, was Brunos schrumpfendem Selbstvertrauen nicht gerade zuträglich war.

»Jetzt sehe ich genauso aus wie du«, sagte Bruno traurig, als wäre das ein schreckliches Eingeständnis.

»Nur dicker«, gab Schmuel zu.

Kapitel siebzehn

MUTTER SETZT SICH DURCH

Im Lauf der nächsten Wochen wirkte Mutter zunehmend unzufrieden mit dem Leben in Aus-Wisch, und Bruno verstand sehr wohl, warum das so war. Immerhin hatte er es am Anfang auch nicht ausstehen können, weil es so anders war als alles in Berlin und ihm seine drei allerbesten Freunde fehlten. Für ihn jedoch hatte sich das mit der Zeit geändert, was vor allem an Schmuel lag, der ihm mittlerweile wichtiger war als es Karl, Daniel oder Martin jemals gewesen waren. Aber Mutter hatte keinen Schmuel. Ihr fehlte jemand, mit dem sie reden konnte, und den einzigen Menschen, mit dem sie ein bisschen befreundet war – der junge Oberleutnant Kotler –, hatte man woandershin versetzt.

Bruno wollte eigentlich nicht zu den Jungen gehören, die an Schlüssellöchern und in Ecken lauschen, aber als er eines Nachmittags an Vaters Büro vorbeiging, führten seine Eltern im Inneren eines ihrer Gespräche. Er wollte wirklich nicht mithören, aber sie redeten ziemlich laut, und er konnte nicht anders.

»Schrecklich ist das«, sagte Mutter gerade. »Einfach schrecklich. Ich halte es nicht mehr aus.«

»Wir haben keine andere Wahl«, sagte Vater. »Das ist unsere Aufgabe ...«

»Nein, es ist *deine* Aufgabe«, sagte Mutter. »*Deine* Aufgabe, nicht unsere. Du kannst ja bleiben, wenn du willst.«

»Was sollen die Leute denken«, fragte Vater, »wenn ich erlaube, dass du mit den Kindern ohne mich nach Berlin zurückfährst? Man wird mir Fragen über die Einstellung zu meiner Arbeit hier stellen.«

»Arbeit?«, schrie Mutter. »Das nennst du Arbeit?«

Viel mehr hörte Bruno nicht, denn die Stimmen näherten sich der Tür, und es bestand jederzeit die Möglichkeit, dass Mutter herausstürmte, weil sie aus medizinischen Gründen einen Sherry brauchte, und so rannte er wieder nach oben. Trotzdem hatte er genug gehört, um zu wissen, dass sie vielleicht nach Berlin zurückkehrten, und zu seiner eigenen Überraschung war er nicht sicher, ob er sich darüber freuen oder traurig sein sollte.

Ein Teil von ihm wusste noch, dass ihm das Leben in Berlin gefallen hatte, aber inzwischen hatte sich bestimmt vieles verändert. Karl und die beiden anderen guten Freunde, an deren Namen er sich nicht mehr erinnerte, hatten ihn vermutlich längst vergessen. Großmutter war tot, und von Großvater, der laut Vater senil geworden war, hörten sie so gut wie nichts mehr.

Andererseits hatte er sich an das Leben in Aus-Wisch gewöhnt: Herr Liszt störte ihn nicht mehr, Maria stand ihm viel näher als früher in Berlin, Gretel durchlief immer noch eine Phase und ging ihm aus dem Weg (und sie war auch nicht mehr ein ganz so hoffnungsloser Fall), und seine nachmittäglichen Unterhaltungen mit Schmuel stimmten ihn fröhlich.

Bruno wusste nicht, ob er sich freuen oder traurig sein sollte, und nahm sich vor, die Entscheidung klaglos zu akzeptieren, egal wie sie ausfallen mochte.

In den folgenden Wochen passierte nicht viel, alles ging weiter wie immer. Vater verbrachte die meiste Zeit in seinem Büro oder auf der anderen Seite des Zauns. Mutter zog sich tagsüber oft zurück und schlief nachmittags noch erschreckend viel häufiger als sonst, manchmal sogar schon vor dem Mittagessen; außerdem machte Bruno sich Sorgen um ihre Gesundheit, weil er niemanden kannte, der so viele Sherrys aus medizinischen Gründen brauchte. Gretel blieb in ihrem Zimmer und konzentrierte sich auf die verschiedenen Landkarten, die sie an die Wand gehängt hatte, und las stundenlang Zeitung, bevor sie die Stecknadeln ein wenig bewegte. (Herr Liszt rechnete es ihr besonders hoch an, dass sie diese Aufgabe übernahm.)

Und Bruno machte alles genauso, wie man es von ihm verlangte. Er stiftete keine Unruhe und genoss die Tatsache, dass er einen heimlichen Freund hatte, von dem niemand wusste.

Eines Tages rief Vater Bruno und Gretel in sein Büro und teilte ihnen die bevorstehenden Veränderungen mit.

»Setzt euch, Kinder«, sagte er und wies auf die beiden riesigen Ledersessel, in denen sie wegen ihrer schmutzigen Hände gewöhnlich nicht sitzen durften, wenn sie Vater im Büro besuchten. »Wir möchten einiges verändern«, fuhr er fort und wirkte dabei ein bisschen traurig. »Sagt ehrlich: Seid ihr gern hier?«

»Ja, Vater, natürlich«, sagte Gretel.

»Aber ja, Vater«, sagte Bruno.

»Und Berlin fehlt euch gar nicht?«

Die Kinder schwiegen eine Weile, sahen einander an und überlegten, wer von ihnen wohl antworten würde. »Also, mir fehlt es schrecklich«, sagte Gretel schließlich. »Ich hätte nichts dagegen, wenn ich wieder ein paar Freundinnen hätte.«

Bruno lächelte und dachte an sein Geheimnis.

»Freundinnen«, sagte Vater und nickte. »Ja, mir ging das oft durch den Kopf. Manchmal war es vermutlich sehr einsam für dich.«

»Sehr einsam«, sagte Gretel entschieden.

»Und du, Bruno«, fragte Vater und sah jetzt ihn an. »Vermisst du deine Freunde?«

»Na ja, schon«, erwiderte er und dachte sorgsam über seine Antwort nach. »Aber ich glaube, ich würde immer jemanden vermissen, egal wo ich bin.« Das war eine indirekte Anspielung auf Schmuel, aber deutlicher wollte er nicht werden.

»Würdest du denn gern nach Berlin zurückgehen?«, fragte Vater. »Wenn du die Möglichkeit dazu hättest?«

»Wir alle?«, fragte Bruno.

Vater seufzte tief und schüttelte den Kopf. »Mutter, Gretel und du. Ihr zieht wieder in unser altes Haus in Berlin. Würde dir das gefallen?«

Bruno dachte darüber nach. »Also, wenn du nicht bei uns bist, würde mir das nicht gefallen«, sagte er, denn es entsprach der Wahrheit.

»Dann würdest du lieber hier bei mir bleiben?«

»Mir wäre lieber, wenn wir alle vier zusammenbleiben«, sagte er und schloss widerstrebend auch Gretel mit ein. »Ob in Berlin oder in Aus-Wisch.«

»Ach, Bruno«, sagte Gretel entnervt, und er wusste nicht, ob es daran lag, dass er die Pläne für ihre Rückkehr durchkreuzen könnte oder dass er (ihrer Ansicht nach) den Namen ihres jetzigen Zuhauses immer noch falsch aussprach.

»Nun, ich fürchte, im Augenblick ist das unmöglich«, sagte Vater. »Ich fürchte, gerade jetzt wird mich der Furor nicht aus dem Führungsstab entbinden. Aber Mutter meint, jetzt wäre ein guter Zeitpunkt, dass ihr drei zurückkehrt und ins alte Haus einzieht, und wenn ich es mir recht überlege …« Er verstummte kurz und sah aus dem Fenster zu seiner Linken – das Fenster, das einen Blick auf die andere Seite des Zauns gewährte. »Wenn ich genauer darüber nachdenke, hat sie vielleicht recht. Vielleicht ist das wirklich kein Ort für Kinder.«

»Aber hier sind doch Hunderte von Kindern«, platzte Bruno heraus, ohne sich seine Worte vorher zu überlegen. »Sie sind nur auf der anderen Zaunseite.«

Ein Schweigen folgte dieser Bemerkung, doch es war kein normales Schweigen, bei dem zufällig niemand spricht. Es war ein Schweigen, das sehr laut war. Vater und Gretel starrten ihn an, und Bruno blinzelte erstaunt.

»Was soll das heißen, dort drüben sind Hunderte von Kindern?«, fragte Vater. »Was weißt du von den Vorgängen dort drüben?«

Bruno öffnete den Mund und wollte etwas sagen, befürchtete aber, sich Schwierigkeiten einzuhandeln, wenn er zu viel enthüllte. »Von meinem Zimmerfenster aus kann ich sie sehen«, sagte er schließlich. »Natürlich sind sie weit entfernt, aber es sieht aus, als wären es Hunderte. Alle tragen die gestreiften Anzüge.«

»Die gestreiften Anzüge, stimmt«, sagte Vater und nickte. »Und du hast sie beobachtet?«

»Na ja, ich habe sie *gesehen*«, sagte Bruno. »Ich weiß nicht, ob das dasselbe ist.«

Vater lächelte. »Sehr gut, Bruno«, sagte er. »Und du hast recht, es ist nicht ganz dasselbe.«

Er zögerte wieder und nickte dann, als wäre er zu einem endgültigen Entschluss gekommen.

»Nein, sie hat recht«, sagte er laut, sah aber weder Gretel noch Bruno an. »Sie hat absolut recht. Ihr wart hier wirklich schon lange genug. Es wird Zeit, dass ihr wieder nach Hause kommt.«

Damit war die Entscheidung gefallen. Es wurde eine Nachricht vorausgeschickt, in der veranlasst wurde, dass jemand das Haus reinigte, die Fenster putzte, das Geländer lackierte, die Wäsche bügelte und die Betten machte. Dann verkündete Vater, dass Mutter, Gretel und Bruno in einer Woche nach Berlin zurückkehren würden.

Bruno merkte, dass er sich nicht so darauf freute, wie er erwartet hatte, und er fürchtete sich davor, Schmuel die Nachricht zu überbringen.

Kapitel achtzehn

Das letzte Abenteuer

Am Tag, nachdem Vater Bruno die bevorstehende Rückkehr nach Berlin eröffnete, kam Schmuel nicht wie gewohnt zum Zaun. Und auch am darauffolgenden Tag tauchte er nicht auf. Als Bruno am dritten Tag zum Zaun kam, saß niemand im Schneidersitz auf dem Boden. Er wartete zehn Minuten und wollte gerade wieder umkehren, äußerst besorgt, dass er Aus-Wisch verlassen würde, ohne seinen Freund wiederzusehen, als ein Punkt in der Ferne ein Fleck, dann ein Klacks, dann ein Schemen und schließlich der Junge im gestreiften Pyjama wurde.

Bruno musste grinsen, als er die Gestalt auf sich zukommen sah. Er setzte sich auf den Boden und holte aus seiner Tasche das Stück Brot und den Apfel, die er für Schmuel aus der Küche geschmuggelt hatte. Doch schon aus der Ferne konnte er sehen, dass sein Freund noch trauriger aussah als sonst, und als er den Zaun erreichte, griff er nicht mit der üblichen Gier nach dem Essen.

»Ich dachte schon, du kommst nicht mehr«, sagte Bruno. »Ich war gestern und vorgestern hier, aber du bist nicht gekommen.«

»Tut mir leid«, sagte Schmuel. »Aber es ist etwas passiert.«

Bruno sah ihn mit zusammengekniffenen Augen an und versuchte zu erraten, worum es sich handeln könnte. Er überlegte, ob man Schmuel vielleicht gesagt hatte, dass er auch nach Hause gehen durfte. Solche Zufälle gab es, genau wie die Tatsache, dass Bruno und Schmuel am gleichen Tag geboren waren.

»Und?«, fragte Bruno. »Was ist passiert?«

»Papa«, sagte Schmuel. »Wir können ihn nicht finden.«

»Nicht finden? Das ist wirklich komisch. Du meinst, er ist verloren gegangen?«

»So ähnlich«, sagte Schmuel. »Am Montag war er noch da, dann ging er mit ein paar anderen Männern zum Arbeitsdienst, und keiner von ihnen ist zurückgekommen.«

»Hat er dir keinen Brief geschrieben?«, fragte Bruno. »Oder eine Nachricht hinterlassen, wann er zurückkommt?«

»Nein«, erwiderte Schmuel.

»Wirklich merkwürdig«, sagte Bruno. »Hast du ihn gesucht?«, fragte er nach einer Weile.

»Natürlich«, sagte Schmuel seufzend. »Ich habe gemacht, wovon du immer redest. Geforscht.«

»Und du hast keine Spur gefunden?«

»Nein.«

»Das ist sehr seltsam«, sagte Bruno. »Aber ich bin sicher, dafür gibt es eine einfache Erklärung.«

»Und die wäre?«, fragte Schmuel.

»Ich nehme an, die Männer wurden zur Arbeit in eine andere Stadt gebracht und müssen dort ein paar Tage bleiben, bis die Arbeit fertig ist. Und die Post hier ist ohnehin nicht gut. Ich bin sicher, er taucht bald wieder auf.«

»Hoffentlich«, sagte Schmuel, der aussah, als würde er gleich weinen. »Ich weiß nicht, wie wir ohne ihn zurechtkommen sollen.«

»Ich könnte Vater fragen, wenn du willst«, schlug Bruno vorsichtig vor und hoffte insgeheim, dass Schmuel nicht ja sagen würde.

»Ich glaube, das wäre keine gute Idee«, erwiderte Schmuel, was zu Brunos Enttäuschung keine eindeutige Ablehnung seines Angebots war.

»Warum nicht?«, fragte er. »Vater weiß viel über das Leben auf der anderen Zaunseite.«

»Ich glaube, die Soldaten mögen uns nicht«, sagte Schmuel. »Das heißt«, setzte er mit einem bitteren Lachen hinzu, »ich weiß *genau*, dass sie uns nicht mögen. Sie hassen uns.«

Bruno setzte sich überrascht zurück. »Ich bin sicher, dass sie euch nicht hassen«, sagte er.

»Doch«, widersprach Schmuel und beugte sich vor. Seine Augen waren schmale Schlitze und seine Lippen wölbten sich vor Wut ein wenig nach oben. »Aber das macht nichts, denn ich hasse sie auch. Und *wie* ich sie hasse«, wiederholte er mit Nachdruck.

»Aber du hasst doch nicht Vater, oder?«, fragte Bruno.

Schmuel biss sich auf die Lippe und schwieg. Er hatte Brunos Vater bei zig Gelegenheiten erlebt und konnte nicht begreifen, dass so ein Mann einen Sohn hatte, der einfühlsam und gut war.

»Übrigens«, sagte Bruno nach einer angemessenen Pause, da er das Thema nicht weiter vertiefen wollte. »Ich muss dir auch etwas erzählen.«

»Wirklich?«, fragte Schmuel und sah hoffnungsvoll auf.

»Ja. Ich gehe wieder nach Berlin zurück.«

Schmuel klappte vor Staunen der Unterkiefer runter. »Wann?«, fragte er, und seine Stimme zitterte dabei leicht.

»Also, heute ist Donnerstag«, sagte Bruno. »Und wir fahren am Samstag. Nach dem Mittagessen.«

»Und für wie lange?«, fragte Schmuel.

»Ich glaube, für immer«, erwiderte Bruno. »Mutter gefällt es nicht in Aus-Wisch – sie sagt, das ist kein Ort, um zwei Kinder großzuziehen. Vater bleibt hier und arbeitet weiter, weil der Furor noch Großes mit ihm vorhat, aber der Rest von uns fährt nach Hause.«

Er sagte *nach Hause*, obwohl er nicht mehr so genau wusste, wo sein Zuhause eigentlich war.

»Dann sehe ich dich nie wieder?«, fragte Schmuel.

»Doch, eines Tages schon«, sagte Bruno. »Du könntest in den Ferien nach Berlin kommen. Schließlich kannst du hier nicht ewig bleiben. Oder?«

Schmuel schüttelte den Kopf. »Vermutlich nicht«, sagte er traurig. »Wenn du fort bist, kann ich mit niemandem mehr reden«, setzte er hinzu.

»Nein«, sagte Bruno. Er hätte gern noch gesagt: Du wirst mir auch fehlen, Schmuel, merkte aber, dass ihm das zu peinlich war. »Morgen sehen wir uns also zum letzten Mal«, fuhr er fort. »Dann müssen wir uns verabschieden. Ich versuche, dir etwas besonders Leckeres mitzubringen.«

Schmuel nickte, fand aber keine Worte, die seinen Kummer auszudrücken vermochten.

»Ich wünschte, wir hätten zusammen spielen können«, sagte Bruno nach einer Weile. »Nur einmal. Nur damit wir uns daran erinnern können.«

»Das fände ich auch schön«, sagte Schmuel.

»Über ein Jahr haben wir miteinander geredet und nicht ein einziges Mal gespielt. Und weißt du noch etwas?«, fragte er. »In der ganzen Zeit konnte ich von meinem Zimmerfenster aus beobachten, wo du lebst, aber ich konnte mich nie mit eigenen Augen überzeugen, wie es wirklich dort aussieht.«

»Es würde dir nicht gefallen«, sagte Schmuel. »Bei dir ist es sicher viel schöner.«

»Trotzdem hätte ich es gern gesehen«, sagte Bruno.

Schmuel dachte kurz nach, griff dann unten an den Zaun und hob ihn leicht an, gerade so hoch, dass ein kleiner Junge von der Größe und Statur Brunos durchpassen würde.

»Und?«, sagte Schmuel. »Warum kommst du dann nicht?«

Bruno blinzelte und überlegte. »Ich glaube, das darf ich nicht«, sagte er zweifelnd.

»Vermutlich darfst du auch nicht jeden Tag hierher kommen und mit mir reden« sagte Schmuel. »Und trotzdem machst du es, oder?«

»Aber wenn ich erwischt werde, kriege ich Ärger«, sagte Bruno. Er war sicher, Mutter und Vater würden das nicht gutheißen.

»Stimmt«, sagte Schmuel, ließ den Zaun wieder los und blickte mit Tränen in den Augen zu Boden. »Dann sehen wir uns morgen und verabschieden uns.«

Beide Jungen schwiegen einen Moment. Plötzlich hatte Bruno einen Geistesblitz.

»Es sei denn ...«, setzte er an, dachte kurz nach und ließ einen Plan Gestalt annehmen. Er fasste sich an den Kopf und befühlte die Haut, wo früher sein Haar war, jetzt aber nur noch nicht ganz nachgewachsene Stoppeln. »Du hast gesagt, ich sehe aus wie du, weißt du noch?«, fragte er Schmuel. »Als mein Kopf kahl geschoren wurde.«

»Nur dicker«, räumte Schmuel ein.

»Wenn das der Fall ist«, sagte Bruno, »und wenn ich auch einen gestreiften Pyjama hätte, dann könnte ich auf einen Besuch rüberkommen, ohne dass jemand es spitzkriegt.«

Schmuels Gesicht leuchtete auf, und er grinste von einem Ohr zum anderen. »Meinst du wirklich?«, fragte er. »Würdest du das machen?«

»Natürlich«, sagte Bruno. »Das wäre ein großes Abenteuer. Unser letztes Abenteuer. Dann könnte ich ein bisschen forschen.«

»Und du könntest mir helfen, Papa zu suchen«, sagte Schmuel.

»Warum nicht?«, sagte Bruno. »Wir drehen eine Runde und sehen, ob wir Spuren finden. Das ist immer ratsam, wenn man forscht. Das einzige Problem dürfte sein, wie wir an einen zweiten gestreiften Anzug kommen.«

Schmuel schüttelte den Kopf. »Das ist einfach«, sagte er. »Da ist eine Baracke, in der bewahren sie Kleidung auf. Ich kann einen in meiner Größe besorgen und mitbringen. Dann kannst du dich umziehen, und wir suchen Papa.«

»Wunderbar«, sagte Bruno, mitgerissen von der Begeisterung des Augenblicks. »Dann ist das abgemacht.«

»Wir treffen uns morgen zur gleichen Zeit«, versprach Schmuel.

»Aber komm nicht wieder zu spät«, sagte Bruno, stand auf und staubte sich ab. »Und vergiss den gestreiften Pyjama nicht.«

An jenem Nachmittag gingen die beiden Jungen in bester Stimmung nach Hause. Bruno freute sich auf ein großes bevorstehendes Abenteuer und die Gelegenheit, endlich zu sehen, was sich wirklich auf der anderen Seite des Zauns befand, bevor er nach Berlin zurückkehrte – ganz zu schweigen davon, dass er nebenbei noch ernsthaft forschen konnte. Und Schmuel sah die Chance, dass ihm jemand bei der Suche nach seinem Papa half. Alles in allem schien das ein sehr vernünftiger Plan und eine gute Möglichkeit, sich zu verabschieden.

Kapitel neunzehn

WAS AM NÄCHSTEN TAG GESCHAH

Am nächsten Tag – einem Freitag – regnete es wieder. Als Bruno morgens aufwachte, schaute er aus dem Fenster und stellte enttäuscht fest, dass es in Strömen goss. Wäre es nicht die letzte Gelegenheit für ihn und Schmuel gewesen, einen Nachmittag miteinander zu verbringen – zumal mit einem aufregenden Abenteuer, für das er sich verkleiden musste –, dann hätte er den Plan aufgegeben und auf einen Nachmittag in der folgenden Woche verschoben, wenn er nichts Besonderes vorhatte.

Doch die Uhr lief weiter, und er konnte nichts ändern. Schließlich war es noch früh, und bis zu ihrem Treffen am Spätnachmittag konnte noch viel passieren.

Morgens beim Unterricht mit Herrn Liszt schaute er aus dem Fenster, aber der Regen schien nicht nachzulassen und prasselte sogar laut an die Scheiben. Als Bruno beim Mittagessen in der Küche aus dem Fenster sah, schien der Regen endlich schwächer zu werden, und hinter einer schwarzen Wolke zeigte sich sogar ein Hauch von Sonne. Im Geschichts- und Erdkundeunterricht am Nachmittag verfolgte er das Wetter weiter; der Regen erreichte jetzt seine stärkste Kraft und drohte die Scheiben einzudrücken.

Zum Glück hörte es zu regnen auf, als Herr Liszt ging, und so zog Bruno ein Paar Stiefel und seinen dicken Regenmantel an, wartete bis die Luft rein war und schlich aus dem Haus.

Seine Stiefel quatschten im Matsch, und er genoss den Spaziergang mehr als jemals zuvor. Bei jedem Schritt hatte er das Gefühl, gleich zu stolpern und hinzufallen, aber er hatte Glück und konnte sein Gleichgewicht halten, selbst an einer besonders schlimmen Stelle, an der sein Stiefel, als er das linke Bein hob, im Schlamm stecken blieb und sein Fuß herausrutschte.

Er schaute in den Himmel, der immer noch sehr dunkel war, aber Bruno war überzeugt, dass es für einen Tag genug geregnet und er am Nachmittag nichts mehr zu befürchten hatte. Natürlich würde er beim Nachhausekommen erklären müssen, warum er so schmutzig war, aber das konnte er darauf schieben, dass er eben ein typischer Junge war, wie Mutter immer behauptete, und damit vermutlich den größten Ärger abwenden. (Mutter war in den vergangenen paar Tagen besonders glücklich gewesen, als sie sah, wie jede Schachtel mit ihren Habseligkeiten versiegelt und für den Transport nach Berlin auf einen Lastwagen geladen wurde.)

Als Bruno ankam, wartete Schmuel bereits auf ihn, aber er saß zum ersten Mal nicht im Schneidersitz auf dem Boden und starrte in den Schmutz, sondern stand da und lehnte am Zaun.

»Hallo, Bruno«, sagte er, als er seinen Freund kommen sah. »Hallo, Schmuel«, erwiderte Bruno.

»Ich war mir nicht sicher, ob wir uns nochmal wiedersehen – bei dem Regen und allem, meine ich«, sagte Schmuel. »Ich dachte, du musst vielleicht zu Hause bleiben.«

»Eine Weile stand es auf der Kippe«, sagte Bruno. »Das Wetter war schrecklich.«

Schmuel nickte und zeigte seinem Freund, was er mitgebracht hatte. Bruno öffnete erfreut den Mund; es waren eine gestreifte Hose, eine gestreifte Jacke und eine gestreifte Stoffmütze, genau wie Schmuel sie trug. Die Sachen sahen nicht besonders sauber aus, aber Bruno wusste, dass gute Forscher stets die richtige Kleidung trugen.

»Willst du mir immer noch helfen, Papa zu suchen?«, fragte Schmuel, und Bruno nickte rasch.

»Natürlich«, sagte er, obwohl Schmuels Papa für ihn weniger wichtig war als die Aussicht, die Welt auf der anderen Seite des Zauns zu erforschen. »Ich würde dich nie im Stich lassen.«

Schmuel hob das untere Zaunende vom Boden, reichte Bruno die Sachen unten durch und achtete besonders darauf, dass sie nicht den schlammigen Boden berührten.

»Danke«, sagte Bruno, kratzte sich an seinem stoppeligen Kopf und fragte sich, wie er nur vergessen konnte, eine Tüte für seine eigenen Kleider mitzubringen. Der Boden war so schmutzig, dass sie ruiniert wären, wenn er sie am Zaun liegen ließ. Aber er hatte keine Wahl. Er konnte sie hierlassen und sich damit abfinden, dass sie später völlig schlammverschmiert waren; oder er blies die Sache ab, und das kam, wie jeder Forscher weiß, nicht in Frage.

»Dreh dich um«, sagte Bruno und zeigte auf seinen Freund, während er verlegen dastand. »Ich will nicht, dass du mir zusiehst.«

Schmuel gehorchte, und Bruno zog seinen Mantel aus und legte ihn so vorsichtig wie möglich auf die Erde. Dann zog er sein Hemd aus, zitterte kurz in der kalten Luft und schlüpfte rasch in die gestreifte Jacke. Als sie über seinen Kopf glitt, machte er den Fehler, durch die Nase zu atmen – sie roch nicht sehr gut.

»Wann ist die zum letzten Mal gewaschen worden?«, rief er, worauf Schmuel sich wieder seinem Freund zuwandte.

»Ich weiß nicht, ob sie überhaupt jemals gewaschen worden ist«, sagte Schmuel.

»Dreh dich um!«, rief Bruno, und Schmuel gehorchte. Bruno sah wieder nach rechts und nach links, doch es war niemand zu sehen, und so widmete er sich der schwierigen Aufgabe, seine Hose auszuziehen und dabei ein Bein und einen Stiefel auf dem Boden zu lassen. Es war seltsam, sich im Freien die Hose auszuziehen, und er konnte sich gar nicht vorstellen, was jemand denken würde, wenn er ihn dabei beobachten würde, aber am Ende und unter großer Anstrengung schaffte er es.

»Gut«, sagte er. »Du kannst dich jetzt wieder umdrehen.«

Schmuel drehte sich gerade um, als Bruno

sich fertig anzog und die gestreifte Stoffmütze aufsetzte. Er blinzelte und schüttelte den Kopf. Es war wirklich unglaublich. Obwohl Bruno nicht annähernd so dünn war wie die Jungen auf seiner Seite des Zauns und auch längst nicht so blass, hätte man ihn kaum von ihnen unterscheiden können. Es war fast (dachte Schmuel), als wären sie alle gleich.

»Weißt du, woran mich das Ganze erinnert?«, fragte Bruno, und Schmuel schüttelte den Kopf.

»Woran?«, fragte er.

»An Großmutter«, sagte er. »Weißt du noch, ich hab dir von ihr erzählt? Die, die gestorben ist.«

Schmuel nickte. Er erinnerte sich, weil Bruno sie im Lauf des Jahres oft erwähnt und ihm erzählt hatte, wie gern er sie mochte und wie sehr er bedauerte, sich nicht mehr Zeit genommen und ihr öfter einen Brief geschrieben zu haben, bevor sie starb.

»Das Ganze erinnert mich an die Stücke, die sie immer mit Gretel und mir aufgeführt hat«, sagte Bruno und wandte sich zur Seite, als er sich an jene Zeit in Berlin entsann, die zu den wenigen Erinnerungen gehörten, die nicht verblassten. »Es erinnert mich daran, dass sie immer das richtige Kostüm für mich hatte. *Mit den richtigen Kleidern fühlst du dich wie die Person, die du vorgibst zu sein*, sagte sie immer zu mir. Genau das mache ich jetzt, nicht? Ich gebe vor, eine Person auf der anderen Zaunseite zu sein.«

»Ein Jude, meinst du«, sagte Schmuel.

»Ja«, sagte Bruno und trat unruhig von einem Fuß auf den anderen. »Das stimmt.«

Schmuel zeigte auf Brunos Füße und die schweren Stiefel, die er anhatte. »Die musst du auch hierlassen«, sagte er.

Bruno sah empört aus. »Aber der Schlamm«, sagte er. »Du kannst nicht erwarten, dass ich barfuß gehe.«

»Sonst erkennt man dich«, sagte Schmuel. »Du hast keine andere Wahl.«

Bruno seufzte, aber da er wusste, dass sein Freund recht hatte, zog er Stiefel und Socken aus und ließ sie neben dem Kleiderhaufen auf der Erde zurück. Die ersten Schritte mit den bloßen Füßen im tiefen Schlamm fühlten sich schrecklich an. Er versank bis zu den Knöcheln, und jedes Mal, wenn er einen Fuß hob, wurde es schlimmer. Mit der Zeit jedoch gefiel es ihm zunehmend besser.

Schmuel griff nach unten und hob das Zaunende hoch, doch es ließ sich nur bis zu einem bestimmten Punkt heben, sodass Bruno nichts anderes übrig blieb, als sich unten durchzuwälzen und seinen gestreiften Anzug völlig mit Schlamm zu beschmutzen. Er musste lachen, als er an sich hinabblickte. So dreckig war er in seinem ganzen Leben noch nicht gewesen, aber es fühlte sich herrlich an.

Schmuel musste ebenfalls lächeln, und sie standen einen Augenblick verlegen da, denn es war für beide ungewohnt, auf der gleichen Seite des Zauns zu sein.

Bruno hätte Schmuel gern umarmt, nur um ihm zu zeigen, wie sehr er ihn mochte und wie gern er sich mit ihm im vergangenen Jahr unterhalten hatte.

Schmuel hätte Bruno auch gern umarmt, nur um ihm für die vielen Freundlichkeiten und mitgebrachten Lebensmittel zu danken, vor allem aber für das Angebot, ihm bei der Suche nach seinem Papa zu helfen.

Aber keiner der beiden umarmte den anderen, vielmehr entfernten sie sich langsam vom Zaun und gingen zum Lager, ein Weg, den Schmuel seit nunmehr einem Jahr fast täglich zurückgelegt hatte, wenn er den Blicken der Soldaten entkommen und zum einzigen Teil in Aus-Wisch gelangt war, der offenbar nicht ständig bewacht wurde, dem Ort, an dem er glücklicherweise Bruno getroffen hatte.

Es dauerte nicht lange, bis sie am Ziel waren. Bruno staunte mit großen Augen über alles, was er sah. In seiner Vorstellung hatte er gedacht, in den Baracken würden lauter glückliche Familien wohnen, von denen einige abends im Freien auf Schaukelstühlen saßen und Geschichten darüber erzählten, um wie viel besser doch alles früher in ihrer Kindheit war und welchen Respekt sie vor Älteren gehabt hatten, ganz anders als die Kinder heutzutage. Er hatte gedacht, alle Jungen und Mädchen wären in verschiedene Gruppen eingeteilt und würden Tennis oder Fußball spielen, herumhüpfen und Quadrate für Himmel und Hölle auf den Boden zeichnen.

Er hatte gedacht, in der Mitte wäre ein Laden und vielleicht ein kleines Café wie die, die er aus Berlin kannte. Und er hatte sich gefragt, ob es wohl auch einen Obst- und Gemüsestand geben würde.

Wie sich herausstellte, war alles, was er sich vorgestellt hatte – nicht vorhanden.

Da waren keine Erwachsenen, die in Schaukelstühlen auf Veranden saßen.

Und die Kinder spielten nicht in Gruppen.

Und es gab nicht nur keinen Obst- und Gemüsestand, sondern auch kein Café, wie er es aus Berlin kannte.

Stattdessen saßen viele Menschen in Gruppen zusammen, starrten auf den Boden und sahen entsetzlich traurig aus. Alle hatten sie eines gemeinsam: Sie waren schrecklich dünn, ihre Augen waren eingesunken und sie hatten alle kahlgeschorene Köpfe, woraus Bruno schloss, dass wohl auch hier eine Läuseepidemie ausgebrochen war.

In einer Ecke sah Bruno drei Soldaten, die offenbar eine Gruppe von rund zwanzig Männern überwachten. Sie brüllten sie an, einige der Männer waren auf die Knie gesunken, verharrten in dieser Stellung und hielten sich den Kopf mit den Händen.

In einer anderen Ecke sah er noch mehr Soldaten herumstehen und lachen. Sie zielten über den Lauf ihrer Gewehre in beliebige Richtungen, feuerten aber nicht ab.

Wohin er auch sah, konnte er zwei Gruppen von Menschen unterscheiden: entweder glückliche, lachende, schreiende Soldaten in Uniformen; oder unglückliche, weinende Menschen in gestreiften Anzügen, von denen die meisten vor

sich hinstarrten, fast so als würden sie schlafen.

»Ich glaube, mir gefällt es hier nicht«, sagte
Bruno nach einer Weile.

»Mir auch nicht«, erwiderte Schmuel.

»Ich glaube, ich sollte zurückgehen«, sagte
Bruno.

Schmuel blieb stehen und starrte ihn an.
»Aber, Papa«, erinnerte er ihn. »Du hast gesagt,
du willst mir helfen, ihn zu suchen.«

Bruno überlegte. Er hatte es seinem Freund
versprochen und er gehörte nicht zu denen,
die einen Rückzieher machten, zumal sie sich
an diesem Nachmittag zum letzten Mal sahen.
»Gut«, sagte er, obwohl ihm inzwischen viel
mulmiger zumute war als vorher. »Aber wo
sollen wir suchen?«

»Du hast gesagt, wir müssen Spuren finden«,
meinte Schmuel, der ganz besorgt war, weil er
sich fragte, wenn Bruno ihm nicht suchen half,
wer dann?

»Spuren, genau«, sagte Bruno und nickte.
»Du hast recht. Sehen wir uns ein bisschen
um.«

Bruno hielt also sein Wort, und die beiden
Jungen suchten im Lager anderthalb Stunden
lang nach Spuren. Sie waren nicht sicher, wo-

nach sie suchten, aber Bruno behauptete die ganze Zeit, ein guter Forscher wisse genau, wenn er es fand.

Doch sie fanden nichts, was ihnen einen Hinweis auf das Verschwinden von Schmuels Papa geliefert hätte, und es wurde immer dunkler.

Bruno blickte in den Himmel, es sah wieder nach Regen aus. »Tut mir leid, Schmuel«, sagte er schließlich. »Tut mir leid, dass wir keine Spur gefunden haben.«

Schmuel nickte traurig. Eigentlich war er nicht überrascht. Er hatte nicht wirklich mit einem Ergebnis gerechnet. Trotzdem war es schön gewesen, dass sein Freund sehen konnte, wie er lebte.

»Ich glaube, ich sollte jetzt nach Hause gehen«, sagte Bruno. »Willst du mich noch zum Zaun bringen?«

Schmuel setzte zu einer Antwort an, doch im selben Moment ertönte ein lauter Pfiff, und zehn Soldaten – mehr als Bruno jemals an einem Ort zusammen gesehen hatte – umkreisten einen Teil des Lagers, auch die Stelle, an der Bruno und Schmuel standen.

»Was passiert jetzt?«, flüsterte Bruno. »Was geht hier vor?«

»Das kommt manchmal vor«, sagte Schmuel. »Sie zwingen die Leute zu einem Marsch.«

»Zu einem Marsch!«, sagte Bruno empört. »Ich kann nicht auf einen Marsch. Ich muss pünktlich zum Essen zu Hause sein. Heute Abend gibt es Rinderbraten.«

»Pst!«, sagte Schmuel und legte einen Finger auf seine Lippen. »Sei still, sonst werden sie wütend.«

Bruno runzelte die Stirn, war jedoch erleichtert, dass sich jetzt alle Leute in gestreiften Anzügen aus diesem Teil des Lagers versammelten, die meisten wurden von den Soldaten zusammengetrieben, so dass er und Schmuel mitten in der Menge verborgen und nicht zu sehen waren. Er wusste nicht, warum alle so ängstlich aussahen – so schrecklich war ein Marsch letztendlich auch wieder nicht – und er hätte ihnen gern zugeflüstert, dass sie sich keine Sorgen zu machen brauchten, weil Vater der Kommandant war, und wenn er sie auf einen Marsch schicken wollte, war das sicherlich nicht schlimm.

Die Pfiffe ertönten erneut, und diesmal setzte sich die Menschenmenge, die vermutlich um die hundert Leute umfasste, langsam in Bewegung – Bruno und Schmuel befanden sich nach wie vor zusammen in der Mitte. Im hinteren Teil kam es zu leichten Unruhen, weil einige offenbar nicht mitmarschieren wollten, aber Bruno war zu klein und konnte nicht sehen, was dort vor sich ging. Er hörte nur einen Höllenlärm, so als würden Gewehrschüsse abgefeuert, aber genau konnte er es nicht ausmachen.

»Müssen wir lange marschieren?«, flüsterte er, weil er allmählich ziemlichen Hunger hatte.

»Vermutlich nicht«, sagte Schmuel. »Man sieht die Leute nie, nachdem sie marschiert sind. Aber ich denke, es dauert nicht lange.«

Bruno überlegte. Er blickte in den Himmel und hörte wieder lauten Lärm, doch diesmal war es Donner. In Sekundenschnelle wurde der Himmel noch dunkler, fast schwarz, und der Regen prasselte stärker nieder als am Morgen. Bruno schloss kurz die Augen und spürte Nässe an sich hinabströmen. Als er sie wieder öffnete, marschierte er nicht, sondern wurde eher von der Menschenmenge mitgetragen. Schlamm bedeckte seinen ganzen Körper, der gestreifte Anzug klebte nass auf seiner Haut. Er wollte nur noch nach Hause und alles aus der Ferne beobachten, aber nicht mitten in der Menge sein.

»Mir reicht's«, sagte er zu Schmuel. »Ich hole mir noch eine Erkältung. Ich muss nach Hause.«

Doch gerade als er das sagte, trugen ihn seine Füße ein Stück weiter, und im Weitergehen stellte er fest, dass es nicht mehr regnete, weil alle nacheinander in einen langen, erstaunlich warmen Raum drängten, der offenbar sehr stabil gebaut war, weil nirgendwo Regen durchdrang. Im Grunde wirkte er sogar vollkommen luftdicht.

»Na, das tut gut«, sagte er und freute sich, wenigstens ein paar Minuten dem Gewitter entkommen zu sein. »Ich nehme an, wir müssen hier warten, bis es nachlässt, dann kann ich nach Hause.«

Schmuel schmiegte sich ganz dicht an Bruno und sah verängstigt zu ihm hoch.

»Tut mir leid, dass wir deinen Papa nicht gefunden haben«, sagte Bruno.

»Schon gut«, erwiderte Schmuel.

»Und mir tut leid, dass wir nicht zum Spielen gekommen sind, aber wenn du nach Berlin kommst, fangen wir sofort an. Dann stelle ich dir meine ... Oh, wie hießen sie nochmal?«, fragte er sich selbst und war enttäuscht, weil sie eigentlich seine drei allerbesten Freunde, aber völlig aus seinem Gedächtnis verschwunden waren. Er konnte sich weder an ihre Namen erinnern, noch sah er ihre Gesichter vor sich.

»Eigentlich«, sagte er und blickte zu Schmuel, »ist es egal, ob ich sie dir vorstelle oder nicht. Inzwischen sind sie nicht mehr meine besten Freunde.« Er sah nach unten und machte etwas für ihn sehr Ungewöhnliches: Er nahm Schmuels dünne Hand in die seine und drückte sie fest.

»Du bist mein bester Freund, Schmuel«, sagte er. »Mein bester Freund für immer.«

Vielleicht öffnete Schmuel den Mund, um ihm zu antworten, aber Bruno hörte es nicht mehr, denn im selben Augenblick kam ein Aufschrei von allen Marschierenden im Raum, als die Eingangstür geschlossen wurde und ein lautes metallisches Geräusch von außen hereindrang. Bruno hob eine Augenbraue und verstand überhaupt nichts, aber er nahm an, dass es wohl damit zu tun hatte, den Regen nicht hereinzulassen und die Menschen vor einer Erkältung zu schützen.

Dann wurde es sehr dunkel im Raum, und trotz des darauffolgenden Chaos merkte Bruno, dass er Schmuels Hand immer noch festhielt und ihn nichts auf der Welt dazu bewegen konnte, sie loszulassen.

Kapitel zwanzig

Letztes Kapitel

Danach hörte niemand mehr etwas von Bruno.

Ein paar Tage später, nachdem die Soldaten jeden Winkel im Haus durchsucht und mit Fotos in allen umliegenden Ortschaften und Dörfern nach dem kleinen Jungen gefragt hatten, entdeckte einer von ihnen den Kleiderhaufen und das Stiefelpaar, das Bruno am Zaun zurückgelassen hatte. Der Soldat ließ sie unberührt dort liegen und ging den Kommandanten holen, der die Umgebung untersuchte und nach rechts und nach links blickte, genau wie Bruno immer, aber er konnte um alles in der Welt nicht verstehen, was seinem Sohn zugestoßen war. Es war, als wäre er einfach vom Erdboden verschluckt worden und hätte nur seine Kleider zurückgelassen.

Mutter kehrte nicht so schnell nach Berlin zurück, wie sie es sich erhofft hatte. Sie blieb noch ein paar Monate in Aus-Wisch und wartete auf Nachrichten von Bruno, bis ihr eines Tages plötzlich der Gedanke kam, er könnte sich auf eigene Faust nach Hause durchgeschlagen haben. Sie fuhr auf der Stelle zu ihrem alten Haus zurück und rechnete halbwegs damit, dass er auf der Türschwelle saß und auf sie wartete.

Natürlich war er nicht da.

Gretel kehrte mit Mutter nach Berlin zurück und verbrachte viele Stunden weinend auf ihrem Zimmer, nicht weil sie alle ihre Puppen weggeworfen oder sämtliche Landkarten in Aus-Wisch gelassen hatte, sondern weil ihr Bruno schrecklich fehlte.

Vater blieb noch ein Jahr in Aus-Wisch und war sehr unbeliebt bei den anderen Soldaten, die er gnadenlos herumschikanierte. Jeden Abend schlief er in Gedanken an Bruno ein und wachte jeden Morgen in Gedanken an ihn auf. Eines Tages legte er sich eine Theorie zurecht, wie sich alles abgespielt haben könnte, und er ging zu der Stelle im Zaun, wo man ein Jahr zuvor den Kleiderhaufen gefunden hatte.

An der Stelle war nichts Auffälliges oder Ungewöhnliches, doch dann forschte er ein wenig nach und stellte fest, dass das untere Zaunende nicht ordentlich im Boden verankert war wie überall sonst, und dass, wenn man es hochhob, sich eine Lücke auftat, durch die eine sehr kleine Person (beispielsweise ein sehr kleiner Junge) durchkriechen konnte. Er blickte in die Ferne und ging das Ganze logisch durch, Schritt für Schritt für Schritt, und als seine Beine irgendwie versagten und ihm war, als könnten sie ihn nicht mehr tragen, setzte er sich fast an genau der gleichen Stelle auf den Boden wie Bruno ein Jahr lang jeden Nachmittag, nur die Beine verschränkte er nicht zum Schneidersitz.

Ein paar Monate danach kamen andere Soldaten nach Aus-Wisch und befahlen ihm, sie zu begleiten. Er ging klaglos mit ihnen und war sogar froh, denn ihm war ziemlich egal, was sie mit ihm anstellten.

Dies ist das Ende der Geschichte von Bruno und seiner Familie. Natürlich geschah dies alles vor langer Zeit, und etwas Ähnliches könnte nie wieder passieren.

Nicht in diesen Tagen. Nicht in diesem Zeitalter.

Danksagung

Mein Dank geht an David Fickling, Bella Pearson und Linda Sargent für die vielen Ratschläge, scharfsinnigen Hinweise und die Hartnäckigkeit, mit der sie darauf achteten, dass ich mich immer auf die Geschichte konzentriere. Und an meinen Agenten Simon Trewin, der dieses Buch von Anfang an unterstützte.

Außerdem danke ich meiner alten Freundin Janette Jenkins für ihren großen Zuspruch, den sie mir nach der Lektüre einer frühen Fassung zukommen ließ.

NACHWORT

Im April 2004 hatte ich ein Bild vor Augen, in dem zwei Jungen auf jeweils einer Zaunseite sitzen. Man hatte sie von ihrem Zuhause und ihren Freunden weggeholt und – getrennt voneinander – an einen schrecklichen Ort verfrachtet. Beide wussten sie nicht, was sie dort sollten, aber ich wusste es, und deshalb wollte ich die Geschichte dieser beiden Jungen erzählen. Ich nannte sie Bruno und Schmuel.

Über den Holocaust zu schreiben ist eine umstrittene Angelegenheit, und jeder Schriftsteller, der sich mit dem Thema befasst, sollte sich seiner Absichten sehr bewusst sein, bevor er zu schreiben beginnt. Es ist vermessen anzunehmen, dass die Schrecken der Konzentrationslager aus heutiger Sicht wirklich begreifbar wären, und dennoch ist es die Pflicht eines jeden Autors, innerhalb dieser Landschaft des Grauens möglichst viel emotionale Wahrheit zu zeigen.

Beim Schreiben und Überarbeiten des Buches war ich überzeugt, dass es für mich nur einen respektvollen Weg gibt, mich dem Thema zu nähern: durch die Augen eines Kindes, und zwar eines sehr naiven Kindes, das die schrecklichen Geschehnisse um es herum nicht versteht. Denn schließlich können nur die Opfer und Überlebenden die Gräuel jener Zeit an jenem Ort wirklich begreifen; wir anderen leben auf der anderen Zaunseite, starren von unserem sicheren Platz aus hinüber und versuchen auf unsere unbeholfene Art, aus dem Ganzen schlau zu werden.

Auch heute gibt es noch Zäune wie den, der im Zentrum von *Der Junge im gestreiften Pyjama* steht; es ist unwahrscheinlich, dass sie jemals ganz verschwinden werden. Doch ganz gleich, wie die Reaktionen auf diese Geschichte ausfallen mögen, ich hoffe, dass die Stimmen von Bruno und Schmuel in jedem Leser genauso lange nachhallen wie bei mir. Ihre verlorenen Stimmen müssen weiterhin gehört, ihre zahllosen Geschichten weiterhin neu erzählt werden. Denn sie stehen für alle, die nicht weiterleben durften, um ihre Geschichte selbst zu erzählen.

John Boyne, Dublin 2006

Gegen *das* *Vergessen*

Anne Frank wurde 1929 in Frankfurt am Main geboren. Als
die Nationalsozialisten an die Macht kamen, verließen viele
Juden Deutschland. Anne floh mit ihrer Familie nach Am-
sterdam. Aber auch in die Niederlande marschierten die
deutschen Truppen ein. Die Familie Frank versteckte sich
lange Zeit in einem engen Hinterhaus. Dort schrieb Anne ihr
weltberühmtes Tagebuch.

Anne Frank
Tagebuch
Aus dem Niederländischen
von Mirjam Pressler
Band 15277

Fischer Taschenbuch Verlag